COBALT-SERIES

橘屋本店閻魔帳

恋がもたらす店の危機!

高山ちあき

集英社

橘屋本店閻魔帳

恋がもたらす店の危機!

Contents

登場人物
紹介
劫《めぐる》
美咲の高校に
転入してきた少年。
その正体は…？
雁《がん》木《ぎ》小《こ》僧《ぞう》
西ノ分店の従業員。
百《と》々《ど》目《め》鬼《き》
西ノ分店の従業員。
美《み》咲《さき》
コンビニチェーン・橘屋の
西ノ分店の跡取り娘。
母は人間だが、亡き父は妖狐。

弘《ひろ》人《と》
橘屋本店の次男坊。
実体は鵺《ぬえ》。
美咲の花婿候補のはず
だったのだが…？
酒《しゅ》天《てん》童《どう》子《じ》
大江山に棲んでいる
という有名な鬼。
酒豪で女好き。
弘人と親しい。
雨《あめ》女《おんな》
裏町に住む情報屋。

イラスト／くまの柚子

橘屋本店閻魔帳
恋がもたらす店の危機!

のれんの色が変わるとき、
奥の襖《ふすま》は隠《かく》り世《よ》へと繋《つな》がり、
見えざる棚《たな》には妖怪向けの品々が並ぶ。
店の名は橘屋《たちばなや》。
獣《けもの》の妖怪を店主に据《す》えて、
現《うつ》し世《よ》に棲《す》まう妖怪たちの素行を見張る。

序章

開きたての花のような笑顔を覚えている。
光あふれる庭で、彼女と、彼女の姉の三人で遊んだ。
邪気《じゃき》のない瞳《ひとみ》は、いつも好奇心に満ちて清らかに輝いていた。
人と妖怪、ふたつの血が流れているあの不思議な体。
白くなめらかな頬《ほお》を赤く染める姿がいじらしくて、よく泣かせた。
ずっと一緒にいたかった。
そばに置いて眺めていたかった。
あれからたくさんの時間が流れた。
いまごろ人間の男に恋をしているだろう。
ただの人間として生まれたかったと、つらい思いをしているに違いない。
妖怪の世界などと係《かか》わりたくないと、絡《から》みつく運命にもがき苦しんでいるに違いない。
だから自分がこの手で救い出してやるのだ。

穢《けが》れた異界から連れ戻して。
彼女の、ささやかな幸福のために——。

第一章　再会

1

「蜘蛛《くも》なの？」

ことり、と座卓の上に置かれた透明な瓶《びん》の中で、側面に頭をこすりつけて出口を見出《みいだ》そうともがく小さな虫を眺めながら、茶色味を帯びた肩までのストレートヘアに濃紺《のうこん》の制服を着た少女、今野《こんの》美咲《みさき》がつぶやく。

「みたいっすね」

和装仕立てのお仕着せに身を包んだ中性的な顔立ちの少年、雁木《がんぎ》小僧《こぞう》が、向かいから同じように瓶を眺めながら言う。

虫は、綿棒《めんぼう》の頭ほどしかない八本足の地蜘蛛のような体軀《たいく》だが、目のさめるような青色をしているので異様である。現し世《うつよ》に棲息《せいそく》している種《しゅ》のものでないことはあきらかだった。

「やっぱり使い魔かしら？」

美咲は首を傾げる。

「間違いないな」

美咲の祖母、ハツがきっぱりと頷《うなず》いた。

明け方、まだ日も昇らない時刻、酉《とり》ノ区《く》界《かい》に棲《す》む隠《かく》り世《よ》――この世（現《うつ》し世《よ》）の裏側に存在する妖怪たちの棲む世界、または裏町とも呼ばれる――の住人から、人間が迷い込んでいると届け出があったという。

ハツが駆けつけてみればたしかに人間で、けれど目が虚《うつ》ろで何の反応も示さない。なにかに導かれるように一方向へ向かおうとするので、ハツが額《ひたい》に破魔《はま》の力のある御封《ごふ》を貼《は》りつけたところ、意識を失って昏倒《こんとう》した。

しばらくして、その人間の右の耳からこの蜘蛛の子が這《は》い出てきた。ハツはあわててそれを摘《つま》み上げて、この瓶に詰め、御封で封《ふう》をして持って帰ってきたというわけだ。

意識を失った人間は、こっちの世界の病院に運ばれた。

いったい、どこで、だれが、なにを目的に、人間に使い魔など仕込んだのか。

いやな事件の幕開けという予感がして、美咲は眉をひそめた。


美咲は一見どこにでもいる平凡な十七歳の女子高生だが、実は妖狐《ようこ》の父と、人間の母の間に生まれた半妖怪である。

彼女の家は「橘屋《たちばなや》」というコンビニエンスストアを営んでいる。

　和風の外観をもつこの橘屋には、のれんの色が、夕暮れ時になると紺《こん》から朱色《しゅいろ》に変わる店舗《てんぽ》があり、そのとき、店の奥には現し世と隠り世を繋《つな》げる一間《いっけん》の襖《ふすま》が現れて妖怪たちが行き来できるようになる。

　そして襖のとなりの人には見えない棚《たな》（裏棚）には、現し世で暮らす物好きな妖怪のために、彼ら専用の商品も並ぶ。

　妖怪たちは、現し世では姿かたちを隠しておとなしく暮らすのが鉄則だが、ときおり人獣《じんじゅう》に手を出して悪さをするものがいる。そういう悪い妖怪を取り締まり、ふたつの世界の均衡《きんこう》を保つのも橘屋の仕事である。

　襖を管理する裏稼業《うらかぎょう》のある店舗は、京都《きょうと》・伏見《ふしみ》にある本店もふくめて全国に十三軒あって、本店の鵺《ぬえ》を筆頭《ひっとう》にそれぞれ四本足の獣型《けものがた》の妖怪がヒトの姿に化《ば》けて店主をつとめている。

　美咲はそのうちのひとつ、関東某所にある酉ノ分店の跡取り娘で、店主見習いなのであった。

「ところでお嬢さん、そろそろ時間じゃないっすか？」

　雁木小僧が掛け時計を指差して言う。彼は酉ノ分店の店員で、実体は全身に若緑色の毛を生やした魚好きの妖怪である。

「あ、いっけない」

　もう学校へ行かねばならない。

「今夜は〈御所《ごしょ》〉で会合じゃ。まっすぐ帰ってくるのだぞ」

ハツが美咲の背中に向かって言う。ハツは、不慮《ふりょ》の事故で数年前に亡くなった美咲の父に代わって店を取りしきっている、酉ノ分店の現当主である。

「はーい！」

美咲は玄関で返事をしながら、あわてて家を出た。蜘蛛の子のためにいろいろとごたついて、いつもより時間をくっていた。電車通学なので朝は一刻をあらそう。

途中に信号機でことごとく足止めをくらったせいで、その日は結局一本遅い電車に乗るはめになってしまった。

「ああ、やば。遅刻するかも……」

ふだんと若干《じゃっかん》異なる客層の電車からいそいそと降りた美咲は、腕時計を見ながら小声でひとりごちた。

駅から校門まで、全速力で走ればおよそ八分。けれど、美咲は全力で走ると狐《きつね》の姿に変化《へんげ》してしまうので、それができない。

最近はハツにしごかれて、破魔の力に関しては多少の制御《せいぎょ》がきくようになってきたが、変化に関してはいまいち思うようにいかない。強く念じれば引き出せる破魔の力とはちがって、不安定なのである。半妖怪であるせいか、とハツも首をひねっている。

（やっぱり間に合わなかった……）

美咲が早足で校門にたどり着く頃には、すでに門前で熱血生徒指導教諭《きょうゆ》による遅刻者チェックが始まっていた。

美咲の通う高校は私立の男女共学の進学校で、風紀の乱れを嫌う理事長の教育方針に従って、遅刻の取り締まりにはとりわけ厳しい。

今朝は自転車通学の生徒が二人と、徒歩の生徒が一名、美咲を入れて計四名が定刻に間に合わなかったようだった。

うつむき加減でおずおずと端っこに並ぶと、

「おいおい、またおまえか」

自転車の二人がチェックを終えて門を通過したあと、指導教諭が美咲のとなりに並んでいた男子生徒を見てあきれた声を出した。

少し横からちらりと盗み見たその少年は、どちらかというと華奢《きゃしゃ》で、身軽そうな印象の人物だった。毛先の柔らかくはねた、くせのある亜麻色《あまいろ》の髪。耳にはピアス、顔立ちが意外にも秀麗《しゅうれい》で、美咲は思わず数秒間見とれてしまう。

「おまえ、転校早々、もう五回目の遅刻だぞ。知ってるな、うちは遅刻三回で一回の欠席に数えられるんだ。この調子でいくと、出席日数不足で留年もありうるぞ」

教諭が鼻息を荒くする。

「ですよねー先生。だから今朝は見逃してくださいよ。明日こそは絶対に早起きしますから」

少年が人懐《ひとなつ》っこい笑みを浮かべながら軽くいなす。やや高めの、明るく爽《さわ》やかな声音《こわね》である。

「おまえ、おとといも同じようなこと言ってただろうが」

「ほんの五分遅れただけじゃん。欧米《おうべい》じゃ電車もバスも平気で一時間遅れで来るんだぜ。五分や十分の遅れなんて、遅刻のうちに入りませんって」

少年は悪びれもせずに言ってのける。転入して間もないらしいが、すでに遅刻の常習犯のようだ。

「あのな、ここは日本だ。しかも学校だ。本気で勉学に励む意思のあるやつはおのずと始業十分前に教室の敷居《しきい》をまたげるもんなんだ」

「勉強にはちゃんと励んでます。結果オーライだって、転入前の面談のとき担任が言ってました」

「それはなんだ、成績さえよければ遅刻早退無断欠席してもいいと言いたいわけか？　生活態度がなっとらんやつはな、テストの成績がどんなによくても社会的には通用せんのだぞ。おまえのような中途半端《はんぱ》なやつに、とやかく言い訳する権利などない！　断じてないわ！」

教諭は少年の軽い応対に腹を立てて、額に血管を浮かせて怒鳴る。

「あ、先生ちょっと、動かないでください」

少年は説教をよそに、教諭のこめかみ辺りにふわりと手をかざして言った。

「な、なんだ？」

教諭は不可解な少年の行動に、けげんそうに首を縮める。

「髪に変なゴミがついてます。いま払ってあげるから動かないでよ」

「そ、そうか、ゴミか。悪いな」

教諭がそう言って、意外にもじっとおとなしくなったときだった。

（あ……）

突如《とつじょ》としてあたりの空気が震えだし、異変が起きた。鼓膜《こまく》を刺激する奇妙な圧迫感におそわれて、美咲は眉根を寄せる。さらに空間がぐらりと大きくぶれたような錯覚《さっかく》に見舞われる。

教諭も、魂《たましい》を抜かれたような顔でぼうっと虚空《こくう》を見つめている。

けれど、それはほんのつかの間の出来事だった。

少年が手を引っ込めるのと同時にその違和感は遠のき、平常が戻ってきた。HR《ホームルーム》の予鈴《よれい》が、間のびした空気を一掃するように鳴り響く。

「──で、今日はぼく、セーフですよね？　先生」

にこにこと平和そうな笑みを浮かべた少年が、何事もなかったように問う。

「あ？　……ああ。もう、行っていいぞ」

教諭が一転してすんなりと頷いた。遅刻者をやりこめようとするさきほどまでの勢いはすっかりと削《そ》がれてしまっている。

（これって……）

美咲は目を瞠《みは》った。

「サンキュ。ついでにそっちの彼女も見逃してあげてよ」

少年が美咲のほうをあごで示し、きまぐれに言う。

一瞬、少年の切れ長の目と目が合いかけて、美咲はどきりとした。人懐《ひとなつ》こい印象だと思ったが、眦《まなじり》は意外と鋭い。

「あの……」

美咲は少年に向かって口を開きかけたが、彼はそのままくるりと背を向けて、ひとり悠々《ゆうゆう》と昇降口へ歩きだしてしまう。

「先生、大丈夫ですか?」

呆《ほう》けたままの教諭が心配になって、美咲は訊《たず》ねた。

「あ、ああ。なんだろうな、なにか狐につままれたような気分だ……。いや、大丈夫だよ。君も教室へ急ぎなさい。もうHRが始まるぞ」

「はい」

なにか、特殊な力が働いた。知っている感覚だった。妖力を使うと生じる、目には見えない波動みたいなものだ。

美咲は、なにやら心もとない様子で目をこすっている教諭を尻目《しりめ》に、昇降口に向かったさっきの少年の後を追いかけた。

美咲は妖気には鈍《にぶ》いが、それでも普通の人間よりはなにかしら異状を感じ取る力はある。近くで妖力《ようりき》が使われれば、さすがにそれと分かるものなのだ。

「ねえ、待って」

少年に追いついた美咲は、下駄箱のところでそのすらりとした後ろ姿を引き止めた。

この少年は、まちがいなく妖怪である。そして、さっき妖力を使って教諭に暗示をかけた。

「なに？」

少年はけげんそうに振り返った。

「ちょっと、確かめたいことがあるの」

美咲はやや警戒しながら訊ねた。初対面ということもあって、いささか緊張する。

「あなた、さっき先生に暗示かけたわよね？」

「なんのこと」

少年はとぼけるが、かすかに歪《ゆが》んだ唇《くちびる》がそれを肯定《こうてい》しているのを美咲は見た。

「あなた、そういう力、持ってるわよね？」

確信を込めてもう一度問うと、

「だったら、どうするの？」

少年は臆面《おくめん》もなく切り返す。美咲の出方をすでに読んでいたような余裕さえ見受けられるのだった。

「妖力は、人間相手にむやみに使っちゃだめなのよ。場合によっては、橋屋に捕まるわ」

今回くらいのことではお縄にはならないが。

すると少年は一歩美咲のほうに踏み込んできて、耳元に口をよせて言った。

「じゃあ、ふたりだけの秘密にしといてよ」

甘いような囁《ささや》き声が、耳朶《じだ》をかすめる。

いきなりの親密な態度にどきりと胸が高鳴った。

「あ、あなた、いったいなんの妖怪なのよ」

美咲は調子を乱されて、思わず耳を押さえながら一歩後ろにひいた。

「きみと同じだよ」

「え……」

「きみと同じ、妖狐だ」

美咲は驚きに目を見開いた。とつぜん、足を掬《すく》われたような気分だった。

「妖狐……」

「そう、白毛のね。じゃあ、また明日な、美咲。もう遅刻するなよっ」

少年はにっと笑って踵《きびす》を返した。

「えっ。なんであたしの名前……」

いきなり名前まで呼ばれて、驚きが二倍に膨《ふく》れ上がった。

少年は答える代わりに手をひらつかせると、二の句が継げないでいる美咲をひとり残して、さっさと階段のほうへ向かい、一気にかけ上がっていってしまった。

「あ、待って！」

追いかけようとしたが、HR開始の鐘《かね》が美咲を引き止めた。

（どうして……。しかも明日って……）

美咲は大きな疑問を抱《かか》えたまま、その場に呆然《ぼうぜん》と立ちつくした。

2

その日の晩、美咲《みさき》はハツとともに裏町に入った。

裏稼業《うらかぎよう》のある店主たちが集まる、月に一度の会合が開かれるためである。

本店のある、本区界《ほんくかい》。現《うつ》し世《よ》でいえば京都府《きようとふ》を中心に、滋賀《しが》と大阪《おおさか》の一部を含む一帯を指す。

築地塀《ついじべい》をめぐらした広大な敷地には、荘厳《そうごん》な寝殿造風《しんでんづくりふう》の殿舎《でんしや》がいくつか立ち並んでいる。

橘屋《たちばなや》の総帥《そうすい》とその血族、その他、橘屋の諸々《もろもろ》の仕事を支えている技術集団の面々が住まうこの屋敷《やしき》一帯は、平安京内裏《へいあんきようだいり》を模して造られたことにちなんで、裏町では〈御所《ごしよ》〉と呼ばれている。

しばしば葺《ふ》き替えられる檜皮葺《ひわだぶ》きの屋根や、すみずみまで手入れの行き届いた佇《たたず》まいは、現し世の御所の遺物めいた眺めとは異なり、人が（妖怪ではあるが）たしかにそこに棲《す》み、建物そのものが生きている感じが漂う。

裏町に入るといつも時を越えたような、なんとも不思議な感覚にとらわれるが、ここ〈御所〉にもまちがいなく現し世とは以《もっ》て異なる空気が流れていた。

「なんだかドキドキしてきた」

だだっ広い庭の白い玉砂利《たまじゃり》を踏みしめながら、美咲は一足ごとに増す緊張を鎮《しず》めようと胸元を押さえた。今日は会合ということで橘屋の制服——女性用の桃色の半着に臙脂色《えんじいろ》の袴姿《はかますがた》だが、なんとなく息苦しいのはウエストが帯締めになっているせいではないはずだ。

「弘人《ひろと》殿と久々に会えるからか？　弘人殿に恋い焦《こ》がれ、寝ても覚めても忘れえぬ思い出をしのんで夜ごと枕《まくら》を濡《ぬ》らし、ひそかに再会までの日を数え——」

「はあ？　なに言ってんのよ、おばあちゃん」

美咲はハツの勝手な発言に思わず眉《まゆ》をひそめた。ハツは臙脂色の作務衣《さむえ》姿である。

「だったらよいなというわしの願望じゃ。あれだけ庇《かば》ってもらっておいて、そういう気にはならんかったのか、おぬしは」

ハツは非難がましい目で美咲を見る。

「べ、別にそこまでは……」

弘人というのは、先日、定期見回りと称して今野家《こんのけ》に十日間滞在していった、今年で十九歳になる橘屋本店の次男坊である。実体は雷神の神使《しんし》である鵺《ぬえ》。

彼には今野家に婿入《むこい》りする話があって、前回の滞在は嫁となる美咲を下見することも兼ねていたのだと、別れ際《ぎわ》にはじめて知らされた。

ときどき顔を見に来てやると言い残して去っていったものの、その後なんの音沙汰《おとさた》もないまま、早ひと月が過ぎている。

「いま緊張してるのは、お上《かみ》に会うからよ」

美咲は自分に言い聞かせるように言った。

あれ以来、ふとしたおりに弘人のことが思い出され、ときどき顔を見たくなったりもして正直気にはなっている。けれど、今日は彼に会うためにここに来たのではない。

会合では、二つの世界で起きた妖怪がらみの事件をはじめ各区界の様々な情報が取り交《か》わされるという。そこで、跡取りとしての顔を皆に売りながら、裏町の見聞《けんぶん》を広めろとハツに言われ、美咲も同行することになったのだ。会合は夜の七時からだが、ハツと美咲は少し早めに家を出て、お上に酉《とり》ノ分店《ぶんてん》の跡取り娘として挨拶《あいさつ》に伺《うかが》ったという次第である。

お上というのは橘屋を取りまとめている現在の総帥のこと。弘人の父親で、昼間はコンビニチェーン橘屋の取締役を務めている人物だが、美咲が会うのはこれがはじめてだった。

「おまえさんいったい、弘人殿のどこが気に食わぬのだ？　出自、容姿もさることながら、心身ともに健《すこ》やかで強く逞《たくま》しく、品行方正で知識も豊富。文句なしの男っぷりではないか。わしがもう五〇若けりゃとっくに陥落《かんらく》しとるわい」

ハツがぶつぶつと文句をたれる。

「もう、だから、そういうふうにおばあちゃんの理想を強引に押しつけるのはやめて。あたしは相手が誰でどんな人であろうと、ちゃんと普通に恋愛の段階を踏んでから結婚にたどり着きたいの。だいたい向こうにだって選ぶ権利ってもんがあるでしょ。こっちばっかり勝手に盛り上がったところで、ヒロがあたしのこと気に入ってなかったらなんにもならないじゃない」

そうだ。この前の滞在中、弘人は婿入りに関して自分からは一切ふれようとしなかった。なにかしらその件に関しては避けているような印象さえあって、少なからず気になっていたのだが。

「うむ。たしかに」

珍しくすんなりと納得したのでおや、と思っていると、ハツは急に神妙な面持《おもも》ちになり、声を落として言葉を継いだ。

「実はな、美咲。そのことでおまえさんに話さねばならんことが……」

「え?」

声をいっそうひそめ、ハツが注意深く続けようとしたそのとき。

「あら、ハツさん。こんにちは」

見るも麗《うるわ》しい上品な少女が、すのこ縁を伝って美咲たちの前にやってきた。スーツ姿の青年が影のように後ろに控えている。

少女は見たところ美咲と同じくらいの年恰好《としかっこう》で、同じように橘屋のお仕着せを着ているのだが、縦《たて》ロールの豊かな髪に、目鼻立ちは華やかに整い、どこか雅《みやび》やかなお嬢様然とした印象なのだった。

「おお、おひさしぶり。相変わらずお元気そうね、ハツさん」

「おひさしぶりだの、静花殿《しずか》」

静花と呼ばれた少女はにこやかに言った。柔らかだが通りのよい、人を惹《ひ》きつける声質である。

「そちらは？」

静花が、目を美咲のほうに向ける。

「跡取り娘の美咲じゃ」

「まあ、あなたが」

静花の大きな瞳《ひとみ》が興味深げに見開かれた。

「よろしくお願いします」

美咲はやや気後《きおく》れしながら会釈《えしゃく》すると、静花はにっこりと微笑《ほほえ》んだ。

「わたしもお店の跡を取る身なの。まだまだ見習いだけれど、年の近い仲間がいて嬉《うれ》しいわ。仲良くしてね」

「ええ」

屈託《くったく》のない静花の物言いになごんで、美咲は微笑み返した。どこの店舗《てんぽ》の主《あるじ》見習いなのだろう。ハツがいなければ右も左も分からぬ店主の集まりの中に、同性の知り合いができるのは喜ばしいことだと心から思った。

「ところで、会合にはいささか早いようですが、いかがなされたのかな」

ハツがけげんそうに問う。たしかに、集合時間までにはまだ一時間以上もある。

「ええ。少し調べたいことがあって。閻魔帳《えんまちょう》を見に来たのです」

「ほう、それは感心なことで。美咲よ、おまえさんも漫画本ばかり読んでないで、静花殿を見習ってたまには閻魔帳を開いて勉強せい」

「はい……」

一言多いと思いつつも、美咲はしおらしく頷《うなず》いた。閻魔帳とは、妖怪たちが過去に起こした事件およびその罪科を記した帳面である。

静花はくすり、と柔らかく微笑むと、

「ではまた、後《のち》ほどお会いいたしましょ、ハツさん、美咲さん。……行くわよ、榊《さかき》」

肩にかかった縦ロールの髪を優雅に払い、榊と呼ばれたお付きの男を従えてしゃなりしゃなりと渡殿《わたどの》のほうへ去っていった。

頭のてっぺんから足の爪先《つまさき》まで、自信と余裕が満ちあふれている。

「あいかわらず美しい娘だのう」

ハツが静花を目で追いながら言う。

「そうね。雑誌から抜け出てきたモデルさんみたい……」

美咲もほう、とその端整な後ろ姿に見とれた。

「阿呆《あほう》。感心しておる場合ではない。あれがもうひとりの婚約者候補――申《さる》ノ分店跡取り娘の藤堂《とうどう》静花じゃ。おまえさんの恋敵《こいがたき》だわい」

「は……？」

美咲はハツの言葉に耳を疑った。

（いまなんて？）

「言いそびれておったのだがな、弘人殿の婿入り先の候補が、実はうちのほかに、もうひとつあるのじゃ」

「ええーっ、なによそれ！」

美咲は思わず声をあげた。美咲の素《す》っ頓狂《とんきょう》な高い声は、広々とした〈御所〉の庭にのびやかに響き渡る。

そういえば以前、弘人に連れられて入った裏町の酒房『八客《はっかく》』で、御所仕《づか》えの妖怪・覚《さとり》が言っていた。お上は弘人を異種族の経営している分店に婿入りをさせるつもりでいるのだと。あのとき、具体的に西ノ分店とは言わなかったので少しひっかかったのだ。

これで、弘人が結婚の話に触れたがらなかった理由がはっきりした。

(ほかにアテがあったからなんだわ……)

美咲はなにか複雑な思いにとらわれながら、履物《はきもの》を脱いで階《きざはし》を上がる。

「ヒロの婿入りはますますありえないわ、おばあちゃん」

先ほどの美少女をもう一度思い浮かべながら、美咲は言った。

「なんでじゃ」

「だって、あんな美少女が相手なら、あたしに勝ち目なんてないじゃない」

女であることと、跡取り娘という点以外、共通点が見当たらない。

申ノ分店はたしか夢幻《ゆめまぼろし》を操る妖怪・貘《ばく》の一族が捌《さば》いているから、彼女も実体は貘のはず。

(ということは、獣型《けものがた》の妖怪であるという共通点もあるわね)

しかし美咲はとびっきりの美人というわけではないし、ほかに取《と》り柄《え》といえば、留守の多い看護師の母に代わってする炊事《すいじ》でそこそこに磨かれた料理の腕くらいである。やはり勝てそうにない。

「だから誠心をつくして弘人殿に接しろと言ったであろう。それをおまえさんときたらツンケンツンケン。そら、愛想《あいそ》つかされて任務終わり次第さっさと実家に帰られるわい！」

ハツは憤然《ふんぜん》として言う。

「べ、べつに愛想つかされたとかじゃないでしょ。あれははじめから十日間の滞在って話だったじゃない。そもそも、あたしはヒロと結婚したいなんてひとことも言ってないわよ。店を継ぐ決心はしたけど、結婚話は、お店のこととはまた別問題でしょ」

「ふん、別問題か。だといいんじゃがな」

ハツは鼻をならし、複雑な面持ちで静花の去っていったほうを見つめながら小さくつぶやく。

美咲はこのときまだ知らなかった。

なぜハツが、そんなふうに面白くなさそうな顔をしていたのか。

3

その頃、弘人《ひろと》は、二十四畳《じょう》の座敷《ざしき》で兄と向き合っていた。

日暮れも近く、開け放たれた広縁のほうから橙《だいだいいろ》色の光が差し込んでいる。

「今日は西ノ分店《とりぶんてん》の娘さんが来るらしいよ。美咲《みさき》ちゃんと言ったっけ」

「そうですか」

兄と距離をおいて単座した弘人は、腕組みしたままそっけなく返した。

「あれ、反応薄いね」

「……………」

弘人は無表情を保ったまま、畳《たたみ》の縁《へり》に目を落とし、兄の詮索《せんさく》するような視線をやりすごす。

こちらは、〈御所《ごしょ》〉のうち橘《たちばなけ》家の人々が日常生活を営む本殿である。

萌黄《もえぎ》色《いろ》の和服姿で脇息《きょうそく》になかば身をあずけ、茵《しとね》に優雅に胡坐《あぐら》をかいているのは兄の橘鵠人《ときひと》。今年で三十二になる橘家の長男、現《うつ》し世《よ》ではお上《かみ》の片腕となって㈱橘屋を牽引《けんいん》する経営幹部に籍をおく、橘屋の次期総帥《そうすい》である。

柔和《にゅうわ》に整った面立《おもだ》ちを裏切らない、やわらかな物腰。だが、弘人と同じ翡翠《ひすいいろ》色の瞳《ひとみ》の奥にはどこか如才《じょさい》ない感じが漂う。この一見、羊のように穏《おだ》やかな風采《ふうさい》に油断して、いったい何人の人間がやり込められただろう。

弘人には鵠人も含めて三人の兄がいたが、あとのふたりは雷神の神効《しんこう》にあやかれず、数年前に亡くなった。雷神の神効とは、橘家が代々受け継いでいる破魔《はま》の力で、雷神の一部を体に呼び込んで雷を操る能力だが、器《うつわ》に見合わない者が体得しようとすれば命を落とす。

鵠人と次男は本妻の産んだ子で、三男と四男である弘人、そして四つ下の妹は、高子《たかこ》というお上の側女《そばめ》が産んだ子である。鵠人と弘人は、腹違いの兄弟なのである。

「ヒロ、おまえさ、ひと月前に、わざわざ監視方に暇《ひま》をやって仕事横取りしてまで、西ノ分店になにをしに行ってきたの？」

鵠人は、それまで適当に頁《ページ》を繰《く》っていた『コンビニジャーナル』をぱさりと閉じ、膝元《ひざもと》からのけながら言った。

鵠人は弘人以上に現し世に入《い》り浸《びた》っている。平日の夜は仕事に追われて裏町の〈御所〉に戻ることはほとんどない。本区界の取り締まり及び各分店との雑多《ざった》な応酬は技術集団に任《まか》せきりで、もっぱら表向きの仕事を優先して動く企業家なのである。

こうして自分と同じように和服姿で向き合うのは久しぶりのような気がした。

「半分人間だという跡目候補の顔を見に行ってきたんですよ」

弘人は注意深く答えた。

「うん。花嫁候補の顔をね」

鵺人はいちいちにこやかに訂正《ていせい》する。

「いけませんか？　分店に婿《むこ》入りしろと仰《おっしゃ》ったのはお上のほうです。選ぶ権利があるのなら、どんな相手か知っておきたいと思って」

実際、西ノ分店に行ったのはほんのきまぐれだった。厠《かわや》で会った監視方が、明日から定期見回りだというのに具合が悪くて参るというので、少しばかり興味を覚えて代わりを引き受けただけだったのだ。

半妖怪だという跡目候補とは、どんな女か。先方に連絡を入れてみれば、跡を継ぐ気のない娘をその気にさせてやってほしいとハツが申し出てきたので、ちょっとした出来心で応じてみただけだった。

「選ぶ権利なんて、あってないようなもんだよ。おれはてっきりハツ婆《ばあ》さんに、西ノ分店への婿入りはないという意思を伝えに言ったもんだと思っていたのに。おまえ、分かってるよね？

自分がどこと縁組《えんぐみ》すべきか」

声こそ柔らかいが、目は鋭《するど》く弘人に向けられている。

「自分の将来は、自分で決めます」

弘人はまっすぐ兄を見返して応《こた》える。

「おや、急に反抗的になったな。最近、静花《しずか》ちゃんとはどうなってるの」

いささか面食らった様子で鵺人が返した。

「べつにどうもなっていませんよ、昔から」

「なってもらわなくちゃ困るんだけどね。どっちかっていうと、一緒になる方向で。――もちろん、そういう予定なんだろう？」

弘人はふたたび畳に目を落として、しばし言葉を探すふうに黙り込む。ややあってから、

「……まだ、答えは出せません」

目を合わせぬまま、告げた。

意見の不一致による、やや重い沈黙が落ちた。

弘人が口を閉ざしたままでいると、鵺人がやれやれといった調子でため息をついた。

「あのさ、藤堂家《とうどうけ》はもうずっと昔からおまえと縁組する心積もりなの。静花ちゃんだってそのつもりで、六つのころからおまえのこと一途《いちず》に想《おも》ってきたんだよ。それをいまさら手のひら返して、よそへ養子に行きますだなんて、彼女に気の毒とか思わないの？」

「まだよそへ行くとも言ってませんが」

「アテがあるわけじゃないのか。じゃあ、おとなしく藤堂の家に入ろうよ」

「もう少し考えさせてください。どのみち、まだ身を固める気はないので」

「兄さんは二十歳《はたち》で可愛《かわい》い嫁さんを貰《もら》ったよ」

「ぼくは貰うのではなくて、貰われていく身なんです。慎重にもなりますよ」

「なんだい、そのつまらない屁理屈《へりくつ》は」

「自己を尊重した至極《しごく》まっとうな意見です」

鵜人は弟のにべもない態度に肩をすくめ、なにか説得する糸口はないかとしばし思索《しさく》をめぐらせたのち、

「ああ、分かった。異類婚が嫌なんだな。心配いらないよ。子供なら側女に産ませればいいんだから」

と、たたみかけるように言った。

側女とは、代々橘家の子息に、身の回りのことをする世話係としてあてがわれる女で、弘人には綺蓉《きよう》という娘がついている。

異類婚で生まれた妖怪の子供の姿かたちは、たいていはどちらか一方のみの特徴をそなえている。確実に同種の子孫を得ようと思ったら、同じ種族の女に産ませるしかない。側女とは、身の回りの世話をするだけでなく、そういった役目の存在でもあるのだった。

「綺蓉におれの子を産ませるつもりはありません」

弘人は即座につっぱねた。

「おや、いらないの。鵺《ぬえ》の子」

鴇人が心外だというように眉《まゆ》を上げる。

「子供の話なんか二の次にしてください」

弘人は兄を見据《みす》えて苛立《いらだ》たしげに言った。

鴇人はまたひとつ嘆息《たんそく》した。

「酉ノ分店はさ、先代が事故死したとき、いや、それ以前に、人間の女を娶《めと》った時点ですでに店舗の閉鎖《へいさ》が検討されていたようなところなんだよ。それをハツ婆さんが必死にお上に嘆願《たんがん》して、なんとかここまで存続させてきたんじゃないか。おれとしてはね、あの店舗はもう閉めて、酉ノ区界の狼藉者《ろうぜきもの》のお守《も》りは両隣の申《さる》と戌《いぬ》ノ分店に任せてもいいんじゃないかと考えてるんだよ。それをお上が気まぐれに弘人をやって立て直すかなんて冗談を言い出すもんだから、ハツさんを筆頭《ひっとう》に気の早い連中が勝手に騒いで噂《うわさ》ばかりが先歩きして、いまや、裏町じゅうが酉ノ分店に婿入りさせると誤解している」

「誤解……？」

弘人はその否定的な言い方に反感を覚える。酉ノ分店がどうのではなく、自分の将来が、彼らの都合ではなから決めつけられている点が気に食わないのだ。最終的に藤堂家と縁組するのだとしても、その決断は自分が下したい。

弘人は言った。

「お上はきまぐれで酉ノ分店への婿入り話を出したわけじゃないですよ。あの家は天狐《てんこ》の血筋なんです。美咲は半妖怪で、次に天狐を産む可能性が高い。彼らがもし強力な妖力《ようりき》をもつ息子なり娘なりを祭り上げて謀反《むほん》を企《たくら》んだらどうなりますか。敵に回してよい相手ではないんですよ、あの家は」

天狐というのは、ときおり妖狐のなかに生まれてくる、千年を生きる希少種のことをいう。生まれたときはそれとはわからないが、成長とともに強い妖力をもつようになる。

今野家《こんのけ》は、過去にその天狐が生まれたことのある血筋なので、これまでもずっと、腹心《ふくしん》の十二匹から外したくないという意識が本店にはあったのだ。

「今野家が謀略《ぼうりゃく》を練っている気配でもあったのかい？」

「ありません。いまのところ」

即答である。ハツの本店への忠誠心は、察するにどこの店主よりも厚い。

「そうだろう。何百年も続いている信頼関係を、いまさらあのハツさんや、まして裏町にうとい半妖怪の孫娘が崩そうと目論《もくろ》むとは思えないんだよね。わざわざ姻戚《いんせき》関係まで結んで、牽制《けんせい》することはないよ」

「しかし他の分店がけしかける可能性もある。過去にあった衝突は、そうやって徒党を組んでかかってきたケースばかりなんでしょう。だいいち、あそこを閉めたら、表に住む酉ノ区界の妖怪たちはどこまで買い出しに行かなきゃならないんです？　それに申と戌の両区界の検挙数はいま、右肩上がりで増える一方なんです。そこに酉ノ区界の管轄《かんかつ》まで任せたら、取り締まりは手薄になって監視網《かんしもう》に穴が開きますよ。……それでなくても最近、酉ノ区界に関して、いくつかきな臭《くさ》い噂を耳にしているんです。店舗閉鎖など、おれは絶対に反対ですね」

弘人は一気にまくしたてた。しかし、

「ああ、酉ノ区界の噂ね。おまえが人を使って、その噂の虚実を洗い出そうとしているらしい報告を覚《さとり》から受けたよ」

兄はあっさりと話題をすり替えて切り返す。覚とは、技術集団のなかの諜報員《ちょうほういん》である。

弘人は軽く目を見開いた。水面下で動いていたつもりなのに、いつのまにか嗅《か》ぎつけられている。この分では敵方にも気取《けど》られているかもしれない。

弘人のかすかな動揺を読んだ鵺人が、それまでの抗議をものともせずに続けた。

「分店の面倒を見るのはいいことだけど、肩入れするなら申ノ分店にしてほしいな。いまは表の店舗網の拡大がちょっと楽しい時期でさ。おれとしては、おまえには藤堂家に婿入りしてもらったほうが助かるんだよね」

そう。鵺人の狙《ねら》いはそこなのだ。見せなくてもいい肚《はら》をこうしてあえてちらりと見せるところがこの兄のあっぱれなところである。

藤堂家は隠《かく》り世《よ》でこそ橘屋の腹心として仕えているが、現し世では不動産業を営む資産家である。一方、今野家も代々続いている旧家ではあるが、藤堂家ほどの財力はない。縁組をするなら、表向きのことを考えた場合、藤堂家のほうが断然有利なのである。

橘家には先代から受け継いだ莫大《ばくだい》な資産がある。あとは店の安定を維持するために最小限の努力をしていればよいわけで、それは他の多くのコンビニがそうであるように、大手流通企業と業務・資本提携《ていけい》したことで十分に果たされている。

にもかかわらず鵺人は、従来型のコンビニとは異なったビジネスモデルを開発して客層の拡大を図ったり、独自の看板商品を育てることに成功をおさめて業界を揺るがしている。金に貪《どん》欲《よく》なのではない。それが面白いからやっているのだ。

鵺人は現し世で過ごす時間が圧倒的に多いので、裏町での立ち廻りはほとんどやらない。それでも獲物を狩りたくなる残酷な本能はどこかに潜んでいるはずで、ヒトが得るはずだった利益を横取りする、つまり喰《く》らうことで、その欲求を満たしているのではないかと弘人は思う。

「これは高子《たかこ》さんの意向でもあるんだよ、ヒロ。お母上の思いを、ちゃんと汲《く》んであげなくてはね」

ダメ押しとばかりにその存在を口にされて、弘人はたちまち渋面《じゅうめん》をつくった。

弘人の母・高子は、側女でありながら現し世に出入りし、その器量と才覚を見込まれて、㈱橘屋の重役ポストにおさまっている女傑《じょけつ》である。お上に意見できる唯一《ゆいいつ》の存在。変化への対応を社是《しゃぜ》に掲《かか》げ、独立経営をやめて他社との業務提携に踏み切ったのは高子である。

藤堂家との縁組の件にしても、高子がお上に話をもちかけたことに端を発しているのだという。側女であるがゆえに、高子の〈御所〉での立場はいくらか低い。そのため、弘人を藤堂家に婿入りさせて表の橘屋に貢献《こうけん》することで、親子ともども株を上げたいといったところか。

縁組のはからいが純然たる親心からなのか、事業での利潤《りじゅん》を見込んでのことなのか、弘人はいまだに真意をつかみかねている。

「酉ノ分店に叛意《はんい》がないのだとしたら、なぜあそこにこだわるのかな、ヒロは？」

「なぜ、と言われても」

思うところはあるがいまここで言いたくはない。ほかに、兄を言い負かせるような理由もなんとなく見つからず、弘人は言いよどむ。

「今野家滞在中は巳《み》ノ区界まで出張して派手にやったようだけど、他にもなにかあったのかい」

「べつに、なにも」

「寄生妖怪ごときに雷神を呼ぶなんて、ちょっと酉ノ分店の彼女にカッコいいとこ見せたかっただけなんじゃないの？」

「そんなんじゃありませんよ」

「でも、助太刀《すけだち》にかこつけて手くらい握ったりしたんでしょ。若いっていいねえ、ヒロくん」

「やめてください！」

「要するに、酉ノ分店の娘が気に入ったんだろう。おれの前でくらいは素直になったらどうなの」

鵜人は弘人の否定などまるきり無視して飄然《ひょうぜん》と言う。

「腹黒い兄上の前だからこそ素直になりたくありませんね」

弘人は不機嫌《ふきげん》そうに横を向いたまま、きっぱりと言った。

「兄さん傷つくなあ、その言われ方。でもまあ、外の娘に興味が生まれたのはいい兆候《ちょうこう》だ。つらい過去はさっさと清算して、視野を広げなさいよ」

「なんの話です？」

弘人は少々険のある目つきで兄を見据えなおす。

「なんの話だろうねえ」

穏やかな面《おもて》に、からかうような含みのある微笑《ほほえ》みを浮かべて鵜人は返す。いつものことだ。遠まわしに弟をいじるのはこの男の趣味であり、愛情表現の手段なのである。

「話はそれだけですか。会合の時間が迫ってますから、そろそろ失礼します」

鵜人と話しているとどうも調子が狂う。弘人は迷惑千万とばかりに深いため息をついて立ち上がった。

「まあ恋愛なんて誰としようがかまわないから好きにすればいいけどね、婿入りの件はひとつ穏便《おんびん》に頼むよ。言われなくても分かってると思うけど、高子さんに逆らうとおまえ、あとが怖いよ」

鴇人が弘人の背に向かって言う。

忠告というよりはむしろ脅《おど》しのように聞こえてしまうから厄介《やっかい》である。高子のみならず、この兄自身とて、なにを仕掛けてくるか分かったものではない。

ただ、肩越しに兄を振り返れば、その目にはいくらか同情するような色も浮かんでいた。ほんとうは、家の都合でよそに養子に出される弟の面白くない立場をよく分かっているのだろう。だからこそ、わざわざ自室に招いて、面倒が起きる前に忠告をしてくれた。

それでも、彼が優先させるべきは表の橘屋の未来である。こちらへの味方は期待できない。

将来を押しつけてくる高子も、そのことで揉《も》め事が起きることを見越している鴇人の存在も、いまは煩《わずら》わしかった。

4

「弘人《ひろと》殿じゃぞ」

会合の席で、ハツが美咲《みさき》に耳打ちした。

四〇畳《じょう》はゆうに超えるゆったりとした広間に、御膳《おぜん》を前にして人型の妖怪が雁首《がんくび》を並べている。お仕着せ姿の分店店主十二名、ほか、本店の技術集団の構成員ら、総勢三〇名あまり。

「あ」

（ヒロ……）

その姿を見たとたん、どきんと鼓動《こどう》が跳《は》ねた。体を巡る血が、いたずらに騒ぎだす。

ずっと会いたかったのだと、本人を目の前にしたとたんにはっきりと分かった。そばに行って言葉を交《か》わしたいと思った。なにか、なんでもいい、会わなかった時間を埋めるための、他愛《たわい》ない世間話。けれど、思い描いていたような再会にはならなかった。

弘人はそのまま、ざっと集まった分店の主《ぬし》たちを見回すが、とりたてて美咲に目をとめることもなく、上座《かみざ》に近いところに設《もう》けられている席に腰を落ち着ける。

こんな場所なのだから仕方ないのかもしれないけれど、少しがっかりだった。ちょっと目配せのひとつでもくれたっていいのに。

相変わらず着流し姿がしっくりとなじむ。瞳《ひとみ》は優美な翡翠色《ひすいいろ》をしている。あれは妖気をなかば解放している証《あかし》。ここは裏町だから、わざわざ人間の瞳の色を擬態《ぎたい》する必要はない。

お上《かみ》が現れて、ねぎらいの口上《こうじょう》を述《の》べる。

お上は物静かだが、上に立つものの貫禄《かんろく》と若かりしころの華やかさがそこはかとなく漂う人物だった。挨拶《あいさつ》のときは、無口だがとても慇懃《いんぎん》にもてなしてくれた。

会合というから問題でも取りあげてなにか深刻に話し合うのかと思っていたが、お上の挨拶がすむと、次々に霊酒《れいしゅ》や肴《さかな》が運ばれてきて酒盛りが始まった。

霊酒とは、生き物の魂魄《こんぱく》を醸《かも》した隠《かく》り世《よ》の酒。多くの妖怪がこれを好んで飲む。

「ほれ、美咲。おまえさんも弘人殿のところへ行って、酌《しゃく》でもしてこい」

ハツが隣席の分店店主と話している弘人のほうを示して言う。

「い、いやよ、そんなの」

弘人の横にはいつのまにか静花《しずか》がぴったりとくっついて、かいがいしく酌をしているのである。さっきから、こっちには一度だって目もくれない。

(なによ、あんなに静花さんとくっついちゃって)

華やかな顔立ちの静花とふたりそろって美男美女で、絵になってしまうところがまた憎い。

美咲がふたりの姿にやきもきしていると、霊酒の酒瓶《さかびん》を持った巳《み》ノ分店《ぶんてん》の店主が未《び》ノ分店の店主と連れ立ってハツと美咲の前にやってきた。

「おお、この前は世話になりましたな。おかげさまで『高天原《たかまがはら》』も片づき、あの辺一帯、すっかり穏《おだ》やかな土地に様変わりしまして」

「そうですか。それはよかったですな」

ハツがにこやかに言った。

過去の妄執《もうしゅう》にとらわれた二匹の美鬼《びき》が、美咲の体を利用して起こした事件がきっかけで、麻薬犯罪の温床《おんしょう》となっていた巳ノ区にある妓楼《ぎろう》『高天原』が取《と》り潰《つぶ》しとなった。弘人が今野家《こんのけ》に滞在中のできごとである。

「お嬢さんのおかげです。そろそろ襲名披露《しゅうめいひろう》もお考えで？」

「まあ、もう一、二件まともな経験を積みましたらと考えておりまする」

「それは楽しみですな」

巳ノ分店は美咲を見ながら、歯を見せて笑った。四〇がらみの、大柄《おおがら》で濃い顔立ちの、山から下りてきた熊みたいな印象の男だった。細かいことは気にしなさそうなタイプだ。『高天原』をぎりぎりまで見逃していたのに納得がいった。未ノ分店のほうは印象の薄い中年のおじさんである。

「霊酒はどうですか。今日のは裏町名水百選のひとつ、七甲山《しちこうさん》の伏流水《ふくりゅうすい》を使用したこだわりの逸品《いっぴん》だそうで――」

巳ノ分店が話題を酒の蘊蓄《うんちく》に切り替えてしまうと、美咲はまた弘人のほうが気になりだして、巳ノ分店の肩ごしにちらりと弘人のほうをうかがった。

弘人はときおり楽しそうに笑みを浮かべながら、静花やほかの分店店主らとずっと話をしている。もちろん美咲のところへ来る気配はない。

美咲の中に、置いてきぼりにされたような空《むな》しさが広がった。どこかで期待していた部分があったらしく、その分の落ち込みが思いのほかずっしりとくるのだった。また会えるのだと、楽しみにしていたのは自分だけだったのか……。

目が合ったりしたらどうしようと思いつつも、やっぱり盗み見ずにはいられず、美咲はじりじりと焦《あせ》るような気持ちをもてあましながら出された梅酢《うめず》ミョウガを嚙《か》みしめた。

現し世のものよりずっと強い酸味に舌をつねられたような感じがして、思わず顔をしかめる。

「美咲ちゃんも一杯飲んでみんさい」

巳ノ分店が、がははと陽気に笑いながら美咲に杯《さかずき》をすすめてきた。

「そうだ、店を継ぐなら酒飲んではよう大人にならねば。これが飲めて一丁前《いっちょうまえ》の妖怪ってものよ」

未の分店も言う。霊酒を勧《すす》めるふたりの店主の目つきは、美咲の中に人間の弱さ脆《もろ》さを探しているかのようだった。飲めなければ、妖怪ではない。そう言いたいのである。

美咲は少し迷ったが、

「じゃあ、いただきますっ」

息を止めて、一気にごくごくと霊酒を飲んだ。跡取り娘としての気概《きがい》を示さねばならない。

(ついに飲んだわよ、あたし。誰かの霊魂《れいこん》!)

たしかに一丁前の妖怪になったという心地がした。

味そのものはまろやかで、焼けるような感覚を伴って喉《のど》を流れるのははじめのうちだけだった。『八客《はっかく》』のときと同じ、甘いような脳髄《のうずい》をしびれさす官能的《かんのうてき》な香りが強く鼻腔《びこう》を抜けてゆく。

なつかしい。あのときは、弘人のとなりにいたのは自分だった。酒天童子《しゅてんどうじ》の冗談に赤くなったり青くなったりして、楽しかった。それなのに、いまは――……。

美咲は、弘人に寄りそうように座る静花と、彼女を突き放すそぶりも見せずに、まわりの分店店主らと何ごとか談笑している弘人を複雑な思いで見やる。

「いやあ、お見事な飲みっぷり。こりゃ、美咲ちゃんはイケる口だね」

未ノ分店と巳ノ分店のおやじからあらたに注《つ》がれ、美咲はハイペースで杯を空《あ》けてゆく。

はじめてなのに、意外と飲めてしまうのが不思議だった。冷えた酒が、しん、と五臓《ごぞう》に浸《し》みわたるのが分かる。まるでずっと昔から、体がそれを求めていたかのようだ。

あるいは、本当に必要なものだったのかもしれない。自分の体の半分は妖怪なのだから。

しかし、弘人のつれない態度が、やけっぱちな気持ちを少なからずあおっているのもたしかだった。

「さあさあ、もっともっと飲みなされ。足りない妖力《ようりき》もめきめき増幅するぜよ」

ふたりの店主は飲める娘がおもしろくて、調子に乗って注いでくる。

（こうなったらもう、やけくそで飲んでやるわ）

美咲はますます投げやりな気持ちで杯を重ねていった。本当に妖力が増すのだとしたら、それはそれで喜ばしいことである。

体が熱くなり、頬《ほお》がカッカと熱を帯びてくる。

と、ふいに、巳ノ分店の肩ごしに、弘人と目が合った。

酒の香りと賑《にぎ》わいのなかで、視線がからむ。

心臓をぎゅっとつかまれたような感じがして、熱いものがすばやく全身を突き抜けていった。

微笑《ほほえ》みかけるのならいまだ。けれどこちらに向けられているのは、それまでと一転して笑みのひいた、固い眼差《まなざ》し。

なぜか、それ以上、目を合わせていてはいけないような気がして、からくも美咲のほうから視線を引き剝《は》がした。

（い、いまの、かなり勇気いったわ……）

美咲は畳《たたみ》に目を落としたまま、いささか失礼だったかもしれない自分の行為に、弱々しくため息をついた。

意識はされているようだった。目が合ってはじめてそのことを思い知った。ただし彼の中に美咲がどう映っているのか、いまの視線ひとつで窺《うかが》い知ることはできない。

けれど、こんな妙な隔《へだ》たりを感じてしまったいまとなっては、もう知りたくないような気もした。

「このまえ垢嘗《あかな》めを奴隷《どれい》にして清掃業を営むせこい男を発見しましてな、垢嘗めどもを餓死《がし》寸前まで追い込んでおいて、散らかった屋敷《やしき》に一気に放つわけです。するとすみずみまできれいに汚れを喰《く》ってくれる。これは確かに効率的だが、飢えを強《し》いられる垢嘗めどもがちぃと気の毒に思えましてね、せめて、一食くらいは別途支給してやれ、その方が彼らの恨《うら》みを買わずともすむと忠告してやりました。垢嘗めどもが主人に蜂起《ほうき》して事件を起こす前でよかったですわ。がはは」

「あーほんとその通りですねーあはは」

それきり、つとめて弘人のほうは見ぬようにして、巳ノ分店のどうでもよいよもやま話に相《あい》槌《づち》を打つことおよそ三〇分。酒が本格的にまわり始めて、頭がくらくらとしてきた。

このまま飲み続けてはまずいような気がした。少し、外の空気を吸って酔いを醒《さ》ましたほうがいい。

立ち上がったとたんにふらつくような眩暈《めまい》を覚え、美咲は自分がかなり酩酊《めいてい》した状態にあることを知った。

「どうしたのじゃ」

少し離れたところで別の店主と話し込んでいたハツが気づいて問う。

「ちょっと、お手洗い行ってくる」

「厠《かわや》ならつきあたりを西に曲がった所にありますぞ」

巳ノ分店が丁寧《ていねい》に教えてくれる。

「ありがとうございます。行ってまいりまーす」

美咲は陽気に手を挙げて礼を言った。頭が、風呂《ふろ》でのぼせたみたいにボーっとしている。それでいてなにやら笑いだしたいような、泣きだしたいような、妙に浮き足立った心地なのだった。

美咲はとろりと重たくなった目をこすりつつ、こっそり障子戸《しょうじど》を開けて酒宴《しゅえん》にわく座敷《ざしき》をあとにした。

(ああ、ほんとに頭が揺れてる——)

糸で、体の重心があらぬ方向に引っぱられてしまうような感覚だ。

千鳥足《ちどりあし》とは、こんなことを言うのかしらと思いながら、美咲はひとりふらふらと庭沿いの広い庇《ひさし》に出た。

外には誰もおらず、ひっそりとしていた。障子戸一枚を隔《へだ》てただけで、酒盛りの喧騒《けんそう》は別世界のように遠くなった。

庭に目を移せば、視界に物言わぬ満開の桜が迫る。

美咲は丸柱にすがるように身をあずけ、ほうっとため息をついて、しばらくのあいだその見事な桜の咲きぶりを見上げていた。

夜空にはよく肥《こ》えた紅蓮《ぐれん》の朔月《さくげつ》がかかっていて、月明かりのせいで、桜の花びらはほんのりと赤く染まっている。

隠り世ならではの夜桜か。この赤みを帯びた不思議な夜にもちょっと慣れてきたな、と思いながら柱から離れたとたん、足元がまた、重心をとれずにぐらりと揺れた。

倒れる――と思った瞬間、ふわりと背後から、力強い腕に抱き止められた。

はっと息を呑《の》んで振り返ると、弘人だった。

「ヒロ……」

どきりと胸が高鳴った。〈御所〉に来て、初めて間近でその顔を見た。

「そんなに飲まされたのか。『八客』のときみたいに、気丈《きじょう》に断ればよかったのに」

張りがあるのに、柔らかい声。ひさしぶりにその声音を聞けて、胸がじわりと熱くなった。

「だって、一人前になれと言われて、なんだか断れなくって」

跡取りとしての心意気を試されていたのに違いないのだ。

美咲はあたふたと体勢を立て直そうとしたが、平衡《へいこう》感覚を欠いているようでうまくいかない。

「きつい酒なんだから無茶するな」

よろける美咲を、向き合う形でふたたび弘人が受け止める。

（やっぱり、助けてくれる……）

会話を交《か》わせば、それまで感じていた隔たりは一気に消えてなくなった。この前と変わりない距離感にほっとしたものの、ふと静花の顔が、警告のように瞬《またた》いた。

彼女とは、いつからあんなに親しくしているのだろう。美咲よりもずっと以前からの知り合いという雰囲気《ふんいき》だった。

ヒロは申《さる》ノ分店に婿入《むこい》りするつもりなの？　だからうちでは、結婚に関してなにも言わなかったの？

この際だから勇気を出して訊《たず》ねてみようかしらと思い、口を開きかけた、その刹那《せつな》。

疑惑《ぎわく》をさらうように、一陣の風が吹き抜けた。

「あ……」

ざああっと花びらを孕《はら》んだ風が縁を渡る。月明かりに赤く映《は》えた花びらが、雪のように舞い躍《おど》った。

「きれい」

その眺めに気をとられた美咲は、弘人に身をあずけたままうっとりとつぶやいた。

「こないだは、梅の花だったわね」

美咲は月ヶ瀬《つきがせ》で見た景色を思い出して言った。高みから眺めた梅渓《ばいけい》が懐《なつ》かしい。

「ああ。あれからひと月か」

「うん」

風が凪《な》いで、ひらひらと舞い落ちる花びらを目で追いながら美咲は頷《うなず》く。

よかった。忘れられてなどいなかった。静花のことはよそに、美咲はひとりひっそりと安堵《あんど》を覚えた。

ふと、自分を抱きしめている腕に力が込もった。

「会いたかった」

だしぬけに弘人が言った。思いがけない甘い言葉に、美咲ははたと弘人を仰《あお》いだ。

視線はまっすぐ自分に注《そそ》がれている。

美咲は、自分が弘人の懐《ふところ》に抱かれていることを思い出してにわかに焦《あせ》りを覚え、あわてて離れようと身をよじる。

けれど、背中にまわされた腕が、それを阻止《そし》しているのだった。

「よ、酔ってるんでしょ……」

美咲は弘人の懐に囲われたまま、どぎまぎと目を泳がせて言う。

「酔っているのはおまえのほうだろ」

弘人は生真面目《きまじめ》に返す。

「でも……、なんだか違う人みたいだもの」

美咲はちらと弘人を見る。

「おれはこんな男だったよ」

弘人は薄く笑った。

そうだっただろうか。なにか、違和感を覚える。たしかに顔色はほとんど変わっていないけれど。

「たまにはおれのこと、思い出したか?」

美咲の目を覗《のぞ》き込んだまま、弘人が問う。

「そ、そりゃあ、少しくらいは……」

気恥ずかしさのあまりまた目を斜《なな》め下にそらし、か細い声で美咲は答えた。

「そう」

弘人は笑みを深めた。

こちらの胸の内を見透かしているような面持《おもも》ちに、美咲は身を硬くした。

ほんとうは、少しどころではなかった。あの別れた日から、ほとんど毎日のように弘人のことを考えた。頭から締め出そうとするのに、いつもうまくいかなかった。だからはやくもう一度会って、この気持ちがなんなのか、知りたいとも思っていた。会えばはっきりするような気がして――。

弘人の手が伸びて、舞い落ちて美咲の前髪にかかったひとひらの花びらをそっと払った。

指先は、そのまま美咲の顔をたしかめるように、頰《ほお》の輪郭《りんかく》を撫《な》でてゆく。

美咲は緊張に支配されたまま、弘人の着物の柄《がら》に目を落としてじっとしていた。

「なんで下を向いてるんだ。こっちを見ろ」

頰を伝った弘人の指先が、いささか強引に美咲のあごを掬《すく》った。

ふたたび、視線がからむ。

「おれも、思い出したよ。おまえのこと――」

弘人は甘い微笑みを浮かべ、しっとりと落ち着いた声で言う。

「そうなの、……ありがとう」

美咲はかすれた小声でようようと返した。

思い出してくれたのは、どれくらい……？

知りたいけれど、声にはならない。

弘人の翡翠色の美しい瞳には、いつになく扇情的《せんじようてき》な色が宿っている。

美咲の中で、危機感をはらんだ戸惑《とまど》いがかすかに生じる。

妖《あや》しい。御魂祭《みたまさい》の夜にも魅《み》せられた、心を乱すこの眼差《まなざ》し。ひとたび意識したら、とたんに心の深いところまでからめとられて、もう逃れることは出来ないと美咲は思う。

ゆるい風が、かすかに枝を揺らして花びらを落とす。視界の端で、それらがちらちらと躍る。

美咲は息をするのも忘れ、月明かりに濡《ぬ》れた弘人の双眸《そうぼう》を、ただ見つめ返した。酒のせいで頭はぼんやりとしているのに、どこか一部分だけが水でも浴びたように冴《さ》えているのだった。

弘人の視線が美咲の唇《くちびる》におりる。

端整な顔が、息のふれる距離にゆっくりと迫る。

（キスされる……）

火照《ほて》った体がさらに熱くなって、鼓動《こどう》がいっそう速まるのを感じながら、覚悟のようなものを決めて美咲が緊張に震える瞼《まぶた》を閉じかけた、その時。

「弘人様」

娘の硬い声がその瞬間を引き裂いた。

美咲はぱちりと目を開いた。

「綺蓉《きよう》か」

とくにあわてる様子もなく、弘人が振り返る。

いつのまにか、五歩ほど退《ひ》いたところに小袖《こそで》姿の若い女官が控えていた。

美咲は頬を染めたまま、あわてて弘人から離れた。

「戌《いぬ》ノ分店様がお呼びでございます。お話ししたいことがあるのだとか」

綺蓉と呼ばれたその女官は、面《おもて》を伏せたまま淡々と告げた。

「ああ、そう。じゃあこいつを頼むよ。客殿《きゃくでん》の寝間《ねま》に連れていってやって」

弘人が、離れた美咲の腰をふたたびなれなれしく抱き寄せながら言う。

「え、あの……あたしはお座敷に戻らなくていいの？」

美咲は腰にまわされた手になかば気を取られながら、目をしばたたいた。

「ああ。もうやすめ。お上にはおれから伝えておくから」

弘人はそう言って美咲の体を女官に引き渡すと、少し微笑んでから踵《きびす》を返す。

「参りましょうか」

「あ、はい」

弘人の後ろ姿に無意識のうちに見とれていた美咲は、女官に静かな声音《こわね》で促《うなが》されて我に返った。よろよろと足元の覚束《おぼつか》ない美咲の腕を、女官が隣でそっと支えてくれる。

白檀《びゃくだん》の上品な香りがかすかに鼻先をかすめた。しとやかで落ち着いた印象の娘だった。

女官に付き添われたまま、月明かりと手燭《てしょく》の灯《あか》りをたよりに渡殿《わたどの》を歩く。

かなり距離があった。女官が気を遣《つか》ってときおり優しく話しかけてくれるが、明日の朝には忘れているような、あたりさわりのないことばかりだった。

寝間は同じ寝殿造風《しんでんづくりふう》の御殿《ごてん》の一角にあった。

夜具の支度を手早くすませてしまうと、女官はなにかあったら別室に控えている者になんなりと申しつけるよう言い残して、姿を消した。

清潔な敷布《しきふ》の上に寝転がって上掛《うわが》けにくるまると、逆に目が冴えてしまった。

夢から醒《さ》めたような心地だった。

誰もいない広々とした部屋の空気は、火照った頬をしんと冷やしてゆく。

さっきまで弘人に抱きしめられていた自分が信じられなかった。

(あれはなんだったの……?)

背中にまわされた腕は力強く、胸は男らしく引き締まって、とても安心できるものに包まれている感じだった。あのまま女官が現れなかったら、ふたりの唇は重なっていたのだろうか。

会いたかったと言ってくれた。もう自分のことなど、すっかり忘れてしまったかのような涼しい顔をしていたくせに。思い出すと面映《おもはゆ》くて、美咲は一人ふとんの中でくすくすと笑った。

それから、急に静花のことを思い出して、笑いが一気に引いた。

あの美しい少女は、いまもまた弘人のそばにいるのかもしれない。

（なんだろ、このいやな感じ……）

美咲は、にわかに重くなる胸を押さえた。

弘人と静花が一緒にいるところを想像すると、言いようのない焦《あせ》りと苛立《いらだ》ちが込み上げてきてつらくなった。静花といる彼の姿を、もう見たくないと思う。

それでも、抱きしめられた温《ぬく》もりを思い出せば、固まったものがゆっくりと溶けるように、杞憂《きゆう》が少しずつ眠気に変わっていくのを感じた。

自分は弘人からどう思われているのだろう。こっちから聞くような勇気はないけれど、でもたぶん、嫌われてはいない。そう思いたい。

〈御所《ごしょ》〉に来てからずっと続いていた緊張がすっかりほどけてしまうと、美咲はそのまま深い眠りに落ちた。

第二章　苦い警告

1

翌朝。

静まり返った寝間に、ギャッ、ギャッと耳慣れぬ鳥のさえずりが響く。

爽《さわ》やかな朝に似つかわしくない濁《にご》った鳴き声に、美咲《みさき》はここが隠《かく》り世《よ》の〈御所《ごしょ》〉であったことを思い出した。

（あたし、朝まで寝ちゃったんだ……）

酒のせいか、夢のひとつも思い出せない深い眠りだった。

障子戸《しょうじど》を開けると、ゆうべとは異なる女官が次の間に端座《たんざ》して待っていた。

「おはようございます。美咲様」

「お、おはようございます。あの、おばあちゃんは？」

「ハツ様ならゆうべのうちに酉《とり》ノ区界《くかい》にお帰りになられました」

「え、あたし、置き去り……っ」

途中で起こしてくれればよかったのに。今日が休日でよかったと美咲は思った。

「高子《たかこ》様がお呼びでございます。湯浴《ゆあ》みと朝餉《あさげ》がすみましたらすみやかに本殿のほうへ」

女官が慇懃《いんぎん》に微笑《ほほえ》んで言った。湯浴み、そういえば、ゆうべは風呂には入っていない。朝食まで用意してもらえるなんて、まるで旅館のようだと美咲は思う。それより、

「高子様っていうのは？」

耳慣れぬ名が出て、美咲はけげんそうに訊《たず》ねた。

「はい。弘人《ひろと》様のご母堂《ぼどう》でございます。大切なお話があるそうです」

女官はそう言って立ち上がると、美咲を湯殿《ゆどの》のほうへと導いた。


高子は、短く刈り込んだ髪が印象的な美しい女性だった。

上品な色合いのスーツに身を包み、距離を置いて美咲と向かい合う姿は、侵《おか》しがたい気高《けだか》さに満ちている。

部屋は、なんの調度品もない広い座敷《ざしき》だった。

障子戸は開け放され、庭先からはまた、ギャッギャッと場違いなくらいに奇妙な朝鳥のさえずりが聞こえている。

「あなたが西ノ分店の娘さんね」

「はい。美咲と申します」

そういえば、ゆうべ会合の席にこの人はいなかったな、と美咲は思った。

面差《おもざ》しが、弘人に似ている。お上《かみ》も整った顔ではあるが、弘人のあの完璧《かんぺき》に近い美貌《びぼう》や、その裏に秘めている一種冷たいような妖《あや》しさは母ゆずりなのだと思わざるをえなかった。

「うちの弘人が、そちらで世話になったとうかがいました。この場でお礼申し上げます」

高子は言った。低めで凛《りん》とした声音《こわね》が、人を付き従わせる力を存分にもっていることをうかがわせた。

「その節はこちらこそ、たいへんお世話になりました」

美咲は頭を深々と下げて感謝の意を伝えた。ここまでは、お上の前でしたことと同じだった。緊張する。なんなのだろう。言葉は丁寧《ていねい》なのだが、高子には厳しい感じがそこはかとなく漂う。誰に対してもなのか、美咲にだけこういう態度なのか、分からないからよけいに緊張が増す。

ぴりりと張り詰めた空気のなか、美咲が面《おもて》を上げるのを待っていた高子は、一拍《いっぱく》置いてから続けた。

「あれは弘人が監視方に暇《ひま》をやって勝手にしたことなのです。なにも手厚くもてなさないで、早々に追い返してくだされればよかったのですよ。本人にも、あのように軽はずみな行動をとらないよう、きつく申しつけておきましたけれど」

なにやら今にもかみつかれそうな威圧感《いあっかん》に若干《じゃっかん》おののきながらも、美咲は意外な事実に目を丸くした。

「そうだったのですか。でも、おかげでいろいろと助かりました。私はまだ未熟なので……」

恥じ入るように言う美咲を、半ば無視するかたちで高子は言った。

「弘人はね、申《さる》ノ分店《ぶんてん》の藤堂家《とうどうけ》に婿《むこ》入りすることが決まっていますの。あなたと弘人が間違って仲を深めるようなことがあっては藤堂家の方々の心証を悪くするわ。ですからこれからは弘人に言い寄ったりしないで、距離を置いて接していただきたいのです」

いきなり冷ややかに告げられ、美咲は目を見開いた。

（藤堂家への婿入りがもう決まっている……？）

では美咲の家への婿入りは、はじめからありえなかったということか。

脳裏に、ゆうべ見た麗《うるわ》しい少女の姿がよみがえってずきりと胸が痛んだ。

弘人は彼女と結ばれる――。自分がどうやら高子から歓迎されていないことも判明して、美咲は一気に奈落《ならく》につきおとされたような心地になった。

「よろしくて？　美咲さん」

高子に真っ向から睨《ね》めつけられ、美咲は思わず畳《たたみ》に目をそらした。

こっちから弘人に言い寄った覚えはないが、彼に親しみを覚えている気持ちがある以上、ここでなにか言い返すことはできない。

「もし言うことが聞けないというのなら、今後の酉ノ分店の処遇についてを考えさせていただくことになりますから、覚悟なさって」

高子は厳しい声で容赦《ようしゃ》なく言った。

美咲ははっと顔を上げた。

「お店の処遇……、それは、どういうことでしょうか？」

高子の、静かだがおそろしい剣幕《けんまく》におののきながら美咲は訊ねる。

「あなたの態度次第で、店舗《てんぽ》の閉鎖《へいさ》もありうるということです」

高子は美咲を見据《みす》え、きっぱりと告げた。

「もとより酉ノ分店は、あなたのお父様が人間の女を娶《めと》ったころからお取り潰《つぶ》しの話が上がっていたような店舗。いつ退去を言いわたされてもおかしくはない状況です」

「父のころから……？」

美咲は耳を疑った。

「おや、御存じなかったのですか。人間を一族に迎え入れればいくつかの危険を抱《かか》えることになる。本来なら今野家《こんのけ》は腹心《ふくしん》から外され、酉ノ分店は取り潰されているところです。それをあなたのおばあ様があまりにもしつこくお上にとりすがったので、今日まで存続させてきたのですよ」

「おばあちゃんが……？」

美咲は絶句した。そんなことは初耳である。

美咲の母・ゆりは現《うつ》し世《よ》で看護師をしている普通の人間だが、美咲の姉を身ごもった時点で妖狐《ようこ》の一族となった。たしかに人間との異類婚は、子孫の妖力《ようりき》が失われたり、裏町の存在が漏《も》れたりと高い危険が伴《ともな》う。

だがゆりは隠り世の存在については裏町の掟《おきて》に従って妖怪に係《かか》わる事柄《ことがら》はいっさい口外《こうがい》していない。ハツとも信頼し合っているし、裏稼業《うらかぎょう》についても理解があって、美咲がそれを継ぐことは本人が選んだ道であることを踏まえて賛成してくれている。

店にとっては子供が半妖怪で生まれたこと以外、なにも問題はないと思っていたのに、過去にそんな経緯《いきさつ》があったとは――。

ハツが、静花の後ろ姿を見てなぜあんな複雑な顔をしていたのか、いまになってようやく分かった気がした。

「静花さんはね、生粋《きっすい》の妖怪で、お育ちもよくて、幼い頃から裏稼業のお手伝いに勤《いそ》しんでいらっしゃるとても素敵なお嬢さんですの」

高子はかすかに口の端《は》に笑みを浮かべてふたたび切り出した。

「お店の将来はお姉様におしつけて、自分はのんびりと現し世暮らしを満喫《まんきつ》、お店のことなど本気で考えてこなかったあなたとは大違いですわね、美咲さん。弘人の相手にふさわしいのは彼女のような方。あなたのように体だけでなく中身まで中途半端《はんぱ》な方にお店は任《まか》せたくないし、弘人の人生にも絶対に係わってほしくありませんわ」

高子の言葉は刃《やいば》のように美咲の心を抉《えぐ》った。

美咲は高子の目にとても残酷な色を見て、戦慄を覚えた。この人は、弘人から自分を遠ざけるために本気で牙《きば》を剝《む》いている。逆らえば、喉《のど》を掻《か》っ切らんとする勢いで。

（あたしは、うとまれているんだわ……）

目の前にいるのはまぎれもなく弘人の母で、その人に拒絶されているのだと思うとやりきれない気持ちになった。もう弘人とは会えないかもしれない。少なくとも、彼が自分と将来をともにすることはなさそうだ。

ふと、そんなのはいやだと思った。急に目の奥が熱くなって、寂《さび》しいような悲しいような感情が込み上げた。弘人とはずっといままでどおりでいたい。

美咲は突きつけられた苦い警告に息苦しささえ覚えて、そっと胸元を押さえた。

「この程度で涙ぐんでいるようでは店主はつとまらないわね。本気でお店を継ぐ気がおありなのかしら？」

高子は目を赤くして黙り込む美咲に厄介者《やっかいもの》でも見るような目を向け、冷たく厳しい口ぶりで問いただす。

「店は……継ぎます。もう決めたんです」

なんとか腹に力を込めて、息をしぼり出すように美咲は答えた。そうだ。弘人とのことを考えている場合ではない。まずは店を守らねばならない。

「そう。でしたら、せいぜい慎重《しんちょう》に行動なさって。それから今日のことは、あの頭の固いおばあ様にはいっさい告げ口しないように。また怒鳴り込みになど来られては面倒ですからね」

高子は無慈悲《むじひ》に、切り捨てるように言った。

美咲は無言のまま頷《うなず》いた。心がずきずきと痛んだ。

高子の言うとおり、自分は中途半端な半人前だ。弘人の婿入りが叶《かな》わなくなったいま、ここで自分がしっかりしなければ、店は潰れるしかない。

美咲はもはや、目に滲《にじ》む涙が高子から浴びせられた厳しい言葉のせいなのか、それとも弘人との未来が絶たれたことが悲しいせいなのか分からなかった。ただ唇《くちびる》をかみしめて、涙が眦《めじり》からこぼれ落ちないように必死でこらえるばかりだった。

「もう結構よ。お気をつけてお帰りなさい」

高子は一瞬だけ表情を緩《ゆる》めたが、美咲にはそれに気づくだけの余裕はなかった。

「失礼いたします」

美咲は頭が回らない状態のまま硬い声で告げて頭を下げると、足早に部屋を辞《じ》した。

庇《ひさし》に出たすぐのところで、弘人の兄・鴇人《ときひと》にばったりと会った。話を聞かれただろうか。

けれど美咲は無言のまま会釈《えしゃく》ひとつすると、なにか言いかけようとする鴇人の脇《わき》を抜けて走り去った。

もう、一秒たりともそこにいたくなかった。


「手厳しいですねえ」

美咲と入れ替わるようにして入ってきた鴇人が和《なご》やかな顔で言った。

「おや、いたのですか。鴇人さん」

「戸を派手に開け放してあったので、表に筒抜けです。弘人が来たらどうなるかと、ぼくはもう気が気でなりませんでしたよ」

なかばそれを期待していたような笑みを平然と浮かべ、鴇人は言う。

「べつにかまわなくてよ。なにも隠し立てするような話をしていた覚えはありませんから」

高子はきびきびと立ち上がると、鴇人を通りすごしてすのこ縁のほうへ出る。

さっきの会話が本気の本音ならば空恐ろしいことだと鴇人は思った。高子のためにも、そうでないことを祈りながらのんびりと続ける。

「彼女は裏町に入ってまだ日が浅いんです。もうすこし大目に見てやってもいいんじゃないですかね。聞くところによると、ずいぶん人間寄りの体をしているようだし。他の店主と同じように仕事を捌《さば》くには無理があると思いますが」

「甘い。店主の器《うつわ》に見合わぬ体なら、店など手放して裏町とはさっさと手を切ればよいのです。中途半端に跡取り宣言などして、まわりを巻き込んで失敗を繰り返されても迷惑なだけです。事が起きてからでは遅いのですよ」

「まあ、店を切り盛りするにはいささか頼りない感じはしますが、彼女、ひたむきで、まっすぐな、いい目をしていたじゃないですか」

「ただの世間知らずです。現し世でぬくぬくと育った証拠ね。あの娘にはこっちの世界に耐えられるだけの根性があるとは思えないわ」

「力が満たないのなら、それこそ弘人を婿にやって補ってやればいいのでは？　裏の店主はなにもひとりでつとめなければならないわけでもない」

「冗談はおよしなさい。誰があんなひよっこのもとへ弘人をやるものですか。いいように利用されるだけです。このまえの定期見回りだって、分かっていれば止めたものを」

手入れの行き届いた前栽《せんざい》を見据《みす》え、苛立《いらだ》ちを隠しきれぬ様子で高子は言う。

これは本気であの娘に反感を覚えているなと、鴇人は閉口する。

それから、高子のとなりに並んでから言った。

「弘人はああ見えて自分に正直なところがある。監査というお役目があるとはいえ、嫌なら何かしら理由をつけて早々に帰ってきたはずなんです。にもかかわらず、十日間しっかりと今野家に居座っていた」

「それが？」

高子は不愉快《ふゆかい》そうに鴇人の横顔に目を向ける。

「居心地がよかったんだと思いますよ、あの家は。飯が美味《うま》かったとか、よく眠れたとか。具体的な理由は言いたがりませんがね。……少し調べさせたんですが、分店の店員の話によれば、今野家では看護師で家を空《あ》けることの多い母親に代わってあの娘が家事をこなしているようです。まあ、学校の成績に関しては、並みの並みというところらしいですが」

「家庭を守っているわけですか。いまどきめずらしいわね。そこそこに礼節も保たれていたようだし、あのおばあさまのしつけなら、そういう古風な女が出来上がってもおかしくはないかもしれないわ」

「水も漏《も》らさぬ賢《さか》しい女より、すこしばかり抜けていても、無邪気《むじゃき》で家庭的な女のほうがかわいいのかもしれませんよ」

「家庭的ね。ホホホ。ではあの娘にこだわるのは私に対するあてつけだと?」

自分の生き様をかえりみたらしい高子は自虐的《じぎゃくてき》な笑みを浮かべる。

「さて、そのへんは分かりかねますが。……ゆうべ僕も、会合の席ではじめて本人を見ましたが、なんとも妙な感覚にとらわれた。彼女は、非常にこちらの興味をそそる雰囲気《ふんいき》をまとっている。あれはなんですかね、妖怪とヒトのふたつの血をもっているせいですか。それとも天狐《てんこ》の血筋のせいですか。あれはなんですかね、同胞《どうほう》として守りたくもあるし、食餌《しょくじ》として喰《く》ってみたくもある。本能を攪乱《かくらん》させる危うい要素を秘めている。それが彼女自身の弱さ、脆《もろ》さとあいまって、一種独特な魅惑《みわく》をかもしだしています。弘人もそのへんに、無意識のうちに惹《ひ》かれているんじゃないですかね」

「脆さに魅力を覚えるなど、聞いたことがないわ」

「男にはよくあることですよ。弱いものを見ると、保護欲をかきたてられる。そばにおいて守ってやることで、こっちも満たされるわけです」

「しかし、いちいち守られているようでは仕事にならないでしょう。ところで、さきほどからやけにあの娘の肩をもつわね。まさか、彼女に味方でもするつもりでいるのですか、鴇人さん」

　高子が厳しい顔でじろりと鴇人を見やる。

「まさか。僕はいつだって橘屋《たちばなや》の安泰《あんたい》しか考えない男ですよ。かわいい弟の春も応援してやりたいが、そこに儲《もう》けはない。自分の責務《せきむ》をまっとうさせることのほうが優先です」

　鴇人はつとめてにこやかに言う。

「そう。それなら問題はないわ」

　鴇人はちらと腕時計に目をやった。

「おっと、無駄話をしていたら、こんな時間です。そろそろ休日出勤いたしますか、専務《せんむ》」

「ええ」

　高子はめずらしく、くたびれたような声音で頷いて、踵《きびす》を返した。

2

酉《とり》ノ区界《くかい》の自宅に戻るあいだ、高子《たかこ》の言葉はぐるぐると美咲《みさき》の頭の中をまわっていた。けれど、裏町を足早に歩き、いくつかの戸をくぐるたびに、少しずつ気持ちの整理がついてゆくのがわかった。

過去に店舗《てんぽ》取り潰《つぶ》しの話が出ていたことは衝撃だが、美咲が弘人《ひろと》と親密に係《かか》わらなければ当面その心配はない。自分が弘人に近づかないよう気をつければ、いままでどおりに店は存続せられるのである。

その弘人との仲だって、よく考えてみたら、まだなにもはじまっていない。ハツがたまたま勝手に結婚話を持ち出して一人で盛り上がっていただけで、べつにどうにかなりそうな間柄《あいだがら》というわけでもなかったはずなのだ。

(そりゃ、抱きしめられてちょっとは妙な期待を抱いたりもしたけど……)

と、ぼんやりゆうべの出来事を思い出す。

「あ、おかえりなさいませ。お嬢さん」

酉ノ分店まで無事にたどり着き、錠《じょう》を外して襖《ふすま》を開ければ、すぐそばの陳列棚《ちんれつだな》の前で品出《しなだ》しをしていた童女のように小柄《こがら》な店員、百々目鬼《とどめき》が気づいて声をかけてきた。

「ただいまー。朝帰りになっちゃった」

なんとなく疲れを隠しきれずに言う美咲を、百々目鬼とレジに居たもう一人の店員が笑った。

「飲まされたのですよね。裏町のお酒、おいしいけどきついんですよ。あ、こちら、見習いさんです。一ノ瀬《いちのせ》劫《めぐる》くん」

百々目鬼が言うと、棚の前にかがみ込んで彼女から仕事の手ほどきを受けていたらしい少年が立ち上がって美咲を振り返った。

美咲は見覚えのあるその顔に、はたと足を止めた。

毛先のゆるくはねた亜麻色《あまいろ》のくせ毛。耳にピアス。どこか人懐《ひとなつ》こい雰囲気《ふんいき》の端整な顔。

「あなた、昨日学校で会ったわ」

美咲は目を見開いた。

「ああ、一緒に遅刻したよね」

劫と呼ばれた少年の方は、美咲を見ても驚いた様子はない。

橘屋《たちばなや》のお仕着せを着ていても、身軽そうな印象は変わらない。彼は確かに昨日、校門で一緒になった妖狐《ようこ》の少年なのだった。

「お知り合い？」

百々目鬼が、二人をかわるがわる見る。

「あの、どうしてうちに……?」

美咲は驚きを隠せないまま、訊《たず》ねた。

「きみが、ぼくのことを思い出してくれるように」

劫は美咲の目をじっと見据《みす》え、思わせぶりな笑みを浮かべて言った。

一ノ瀬劫。

美咲は紹介された名前を頭の中で反芻《はんすう》してみた。劫という名の妖狐。そういえば、耳に覚えがある名前だと思った。

「メグル……。昔、近所に住んでいて、よく遊んだわ。御魂祭《みたまさい》に一緒に行ったり……」

美咲は目をしばたいた。

「もしかして、そうなの?」

「そ。覚えてた」

劫は嬉《うれ》しそうに頷《うなず》いた。

「久しぶりすぎて、ちっとも分からなかった」

古い記憶をたどっていた美咲の顔も、つられてほころんだ。

ずっとずっと昔の記憶だ。まだ、六つか七つくらいの頃。近所に、妖狐の家族が棲《す》んでいた。劫は一人っ子で、姉と自分の三人で遊んだ。ときどき意地悪して泣かされたりもしたけれど、こうして再会すると、アルバムでも開いているみたいにほんとうに懐《なつ》かしい。

劫は早生まれで、学年は美咲よりもひとつ上のはずである。

「ぼくはすぐに分かったよ、きみのこと」

「あたし、変わってない？」

「変わってないよ。昔より大きくなって、ずっときれいになったけどね」

臆面《おくめん》もなくさらりと褒《ほ》め言葉を口にするので、横で百々目鬼がぴくりと眉《まゆ》を上げる。

「親父《おやじ》がまた本社に異動になって、こっちに戻ってきたんだ。親のすすめでここでバイトすることになったよ。よろしく」

劫はにこやかに言った。

共有できる過去があるというだけで、心の距離が急速にちぢまった。警戒や緊張が消えうせ、心安さが芽生える。それは種族が同じ妖狐という親近感によるものなのかもしれなかった。

「こう見えて剣道有段者だそうです」

百々目鬼が、べつだん筋肉質でもなさそうな彼の腕を叩《たた》きながら意外そうに言った。

「中学でやめちゃったけどね」

と劫。

「じゃあ、裏の仕事も任《まか》せられるのね？」

「そのつもりはないよ」

きっぱりと劫は言った。

「そうなの？」

「でも、どうせ駆り出されますよね、お嬢さん」

「うん、まあ……」

ハツはそのつもりで採用したのだろう。身元がしっかりしているし、同種のよしみもあるのかもしれないが。

「あとで遊びに行くよ」

子供みたいな無邪気《むじゃき》な顔をして劫が言う。

「うん」

美咲は笑って頷いた。話してみたいことが、山のようにあるような気がした。


昼の間、なにもする気になれなくて、美咲はずっと居間や縁側でごろごろしていた。

〈御所《ごしょ》〉での出来事が繰り返し脳裏に浮かんだ。

昨夜の弘人と、今朝の高子《たかこ》の言葉。ふたつの対照的な記憶は、現《うつ》し世《よ》の燦然《さんぜん》と輝く陽《ひ》の光に当たっているうちに、どろりと溶けて少しずつ輪郭《りんかく》を失ってゆくような感じがした。

美咲はそれを頭のなかでゆっくりとかきまぜた。どちらも極端すぎる記憶だから、互いに中和されて、なにもなくなってしまえばいいと思った。

ふと人の気配がして、美咲は顔を上げる。

私服姿の劫が、縁側にいる美咲をみつけて、こっちにやってくるところだった。

「仕事、あがったの?」

「ああ、ずっと前に。コンビニって、意外と仕事多いんだね。レジ打ちと品出しくらいだと思ってたんだけど」

「そうでしょ。慣れてくると、商品の発注なんかもやらなくちゃいけないのよ。うちは裏棚《うらだな》もあるからけっこう大変」

「で、美咲はなにしてんの、ここで」

劫は美咲を見下ろして不思議そうに訊《たず》ねる。

「あ、ちょっと、考え事……」

あまりにも考えすぎて、悩み疲れて放棄《ほうき》したというのが正直なところだった。

美咲は室内の掛け時計をのぞいた。もうじき日が暮れる。

「いいかげん錠前《じょうまえ》の点検に行かなくちゃ」

そう言って、立ち上がる。

西ノ区界といっても広いので、すでに遠方の各協力者にその旨《むね》をふれて点検をうながしてあるのだが、いまのところ報告はない。案外、美咲の足の届く範囲で繋《つな》がっているのかもしれない。

「なにそれ」

「昨日の朝ね、青い蜘蛛《くも》の子が届けられたの。裏町に迷い込んできた人間の耳の穴から出てきたって」

「げ。耳の穴？」

劫は気色悪いといったふうに顔をしかめた。普通の人間のような反応だと美咲は思う。

「使い魔だって。その人間は誰かに仕込まれて、操られて裏町に入っちゃったのね。うちの襖《ふすま》からだったら店員が気づくはずだから、それ以外にどこかの鳥居《とりい》が裏町と繋がってしまってるのよ。それがどこなのかをつきとめて錠を掛けなおさないと、まずいの」

劫は少し考えてから言った。

「ぼくも付き合うよ」

「いいの？」

「いいよ。今日はもう暇《ひま》だし。でも、道案内はよろしくね」

劫はさらりと言う。無責任な態度が妙にさまになってしまう男である。

「あたしもあんまり自信ないけど」

のれんの色が変わるにはまだ少し時間がある。

美咲は、鍵《かぎ》を使って襖を開け、劫と裏町に入った。

風が出ていた。日の傾きはじめた街道には、ぽつりぽつりと和服姿の人型の妖怪の姿がある。彼らの時間はこれからである。

暗くなる前に、問題の鳥居をつきとめたい。

「相変わらず変な世界だよね」

劫は古めかしい町屋造りの建物を眺めまわしながら言う。

「あたしもずっと薄気味悪いって思ってたわ。最近は慣れたけど」

「ぼくは滅多《めった》にこっちには来ないんだ。というか、子供のころ以来だよ」

「そうなの？　でも劫もそのうち、お嫁さん探しにこっちに来なきゃいけないわよね」

現し世暮らしをしている妖怪たちは、年頃になると裏町に出入りして同族の相手を探すものである。

「ぼくはこっちの住人と結婚するつもりはないよ」

劫は屈託《くったく》のない顔をして言う。

「じゃあ、人間の女の子を選ぶの？」

「いい子がいたらね」

意外な答えに美咲は驚いた。子供のこともあるし、てっきり同族の子と一緒になることを考えていると思ったのに。

「昔、襖の近くの神社で木登りをしたわよね」

　ふと美咲は昔を思い出して言った。

「ああ、あそこに生えてるのは雄《おす》の木ばかりで、ぼくは男だからよく振り落とされて嫌だったけどね」

「池できれいな青銀魚《あおぎんぎょ》をつかまえたりもしたわ」

「あれは、手が銀色に染まってしまって、次の日に肌が荒れて大変だった。二度と触りたくないよ」

　美咲ははたと足を止めた。却の口調は当時を懐かしんで楽しげだが、内容が否定的なのが気になった。

「劫は、もしかして嫌いなの？　こっちの世界が」

　劫はややあってから、答えた。

「正直、好きじゃないかもね。ぼくは現し世で生まれ育ったから、これからもずっと向こうでしか暮らさないつもりだ。妖力《ようりき》なんてたいして使わないから、食いものだって向こうので十分間に合うし」

「そうなの……？」

　劫に、裏町や妖怪に対するこだわりや愛着はまったくない様子だ。少し前の自分を見ているようである。生粋《きっすい》の現し世育ちだと、半妖怪でなくてもそんなことを考えるものなのだろうか。それは、新しい発見だった。

いくつかの鳥居を渡り歩いて、一時間あまり過ぎた頃だった。

「まぶし……」

劫が顔をしかめた。

街道筋の店先に吊《つ》り下げられたおびただしい数の鏡が、西日をいっせいに鋭く反射していた。

美咲も目をそばめながら近寄って、木枠《きわく》にかかっている丸い鏡をひとつ手にしてみた。

直径二十センチほどの大きさで、銅製のようだが厚みはない。

「これは、光鏡《ひかりかがみ》だっけ」

美咲は鏡面をのぞき込みながら劫に訊《き》いた。

「知らない。ただの鏡じゃないの？」

劫は興味なさげに言う。

「たしか太陽の光を集めて、夜、電灯の代わりにするのよ」

鏡は昼間のあいだ、こうして鏡面から陽の光を吸収し、夜、黒い布を剝《は》がすと、その蓄積した光を放つのだ。

「こっちは電気が通ってないから不便だよね。ケータイも繋がらないし。いまだに江戸時代みたいな暮らししてるだろ」

「妖怪たちには必要ないんじゃない、そういう文明の利器っていうか、科学の力みたいなものは」

明治のはじめ、街にガス灯が用いられるようになった頃から、現し世にいた多くの妖怪たちが、棲みづらさを覚えてずいぶんとこっちに戻ってきたのだという。

「テレビもパソコンもないのに、なにを楽しみに暮らしてんのかな、こっちの連中」

「お芝居とか、盤双六《ばんすごろく》とか？」

「ぼくはケータイがないのは耐えられないな」

「あたしもテレビくらいは欲しいかな」

「あと、ゲームも」

「劫と話してると、あたしたち人間同士みたい」

美咲は劫の妖怪らしからぬ発言がおかしくて、くすりと笑った。

「ねえ、美咲」

ふと劫が、光鏡を意味もなく見つめている美咲の名を呼んだ。

「なに？」

美咲は劫のほうを見た。

「こんなことしてて、幸せ？」

今日の日付でも訊ねるような、なにげない口調なのだった。

「こんなことって？」

「鳥居を見回ったり、妖怪退治したり……」

一陣の風が吹いて、二人の髪を巻き上げる。

店先の鏡がいっせいに小さく揺れて、夕暮れの沈みゆく陽の光を反射した。その無数の光に体のあちこちを射貫《いぬ》かれるような心地がして、美咲は無意識のうちに身をよじった。

「家の仕事よ。幸せとか、不幸せとかじゃなくて」

美咲は風が凪《な》いでから、あおられて顔にかかった髪を除《の》けながら返した。

「きみは、ほんとうはむりやり跡を継ごうとしているんじゃないの？」

劫は、いつになく真面目《まじめ》な声だった。

「そんなこと……。どうしたの、いきなり」

思いがけぬ問いかけに、そしてすぐそれに答えられない自分自身に戸惑《とまど》いを覚えながら美咲は返す。

「ぼくは、裏町は嫌いだ。この世界の空気は、現し世で暮らすために無意識のうちに押さえている残虐性《ざんぎゃくせい》を刺激する。こっちに来ると血や生肉の匂《にお》いが恋しくなって、少しずつ気が変になっていく感じがする。だから嫌いなんだ。たとえそれが本当の自分なのだとしても、ぼくはそういう自分を受け入れたくはない。美咲はそんなふうに感じたことはないの？」

斜陽《しゃよう》が淡々と話す劫の顔に影をつくり、端整で、どこか繊細な感じをひそめた面差《おもざ》しがいつもより大人びて見えた。

　それから劫は答えを待たず、まっすぐ美咲を見つめて言った。

「美咲。ぼくは、きみにも、こっちの世界に染まってほしくない」

「劫……」

　美咲は鏡を手にしたまま、ただそこに立ちつくした。なにか言うべきなのに、なにも言葉が出てこなかった。

　劫は棒立ちの美咲にくるりと背を向け、二、三歩あるきながら続けた。

「ねえ、裏町や妖怪のことなんか忘れて、二人で暮らそうよ。どっか遠いところで。海の向こうでもいい。君のお姉さんがそうしたみたいにさ」

　穏《おだ》やかで、どこか夢見るような口調なのだった。

「なに言ってるの、劫……」

　劫は生粋《きっすい》の妖怪なのに、裏町に背を向けている。そのことが、信じられなかった。

「それ、本気で言ってるの？」

　なにかしら自分の心の中で揺れるものがあって、美咲はそれを拒《こば》むように劫の背に向かって訊ねる。

　劫はふり返った。

「本気」

目が真摯《しんし》なものを帯びていたので、美咲はかすかに息を呑《の》んだ。

劫は、心からこの世界を毛嫌いしている。なんて滑稽《こっけい》な話だろう。妖怪の血を、妖怪に否定されるなんて。現し世に自分を引き戻そうとするこの手が、妖怪の手だなんて。

「――だったらどうする?」

つづけざまに、おどけたように笑って劫は言い直す。

それを聞いて、美咲はほっと体の力を抜いた。

「なによ、びっくりしたじゃない。いきなり変なこと言うから」

つられて微笑《ほほえ》みながら返す。内心では、冗談とは思えなかった劫の面差しに少しどぎまぎとしていた。ほんとうはどっちだったのだろう。

現し世暮らしを好む妖怪の多くは、元来穏《おだ》やかな性質《たち》のものが多い。劫もそういう親から生まれた子だから、こっちの世界を好きになれないのかもしれない。

「ごめん。なんだか地味なつまんない仕事してるからさ。実は嫌なのかと思って」

いつもの明るい声で劫が言う。

「嫌じゃ、ないけど……」

二人で暮らそう。冗談でも、そういう言葉が劫の口から出てきたことは驚きだった。

子供のころからの知り合いであるという心安さは確かにある。けれどそれが、ずっと一緒にいたいという恋心みたいなものに繋がりえるのかどうかは、まだよくわからない。

劫だって、いまの美咲をどれほども知らないはずなのに。

ふと、弘人のことが思い出された。隠り世や裏稼業《うらかぎょう》のことを思うと、弘人は自分には切っても切り離せない存在である。彼がそばにいてくれたら、と思う。こっちも恋心なのかどうかはよくわからないけれど、あんなにも頼りになる人が支えてくれたら、自分も、不安や恐れに支配されずにのびのびと頑張れるような気がする。

けれどそこで、引きずられるようにして高子に言われた言葉がよみがえった。

そうだった。彼には藤堂家《とうどうけ》の跡取り娘がいるのだった。彼との未来など、もうありえない。

——こんなことしてて、幸せ？

劫の問いかけは、なぜかいつまでも耳に残った。

あたし、幸せなんだろうか。

美咲は鏡に映った自分を見た。見慣れた自分の顔が映る。けれど、その美咲は少しも笑っていない。なにかを、必死でこらえているみたいな顔。

頬《ほお》に当たる風が、体の中にまで吹きつけてくるような感じがした。

「そろそろ帰ろうよ。鳥居探しはまた明日」

劫が優しげに微笑んでうながす。

帰ろうよ。——昔、裏町にこっそり遊びに来ていたころも、そう言い出すのは決まって劫のほうだった。

「うん……」

美咲は小さく返す。

心が軋《きし》む。どうして。この動揺はなんなのだろう。

あたしは店を継ぐ決心を、ふたつの世界を生きる決心をつけたのではなかったの？

3

数日後。

「弘人《ひろと》くんよ」

夕方、学校から戻って、宿題に取りかかろうとしていた美咲《みさき》は、母に呼ばれてぎょっとした。

（ヒロ……）

〈御所《ごしょ》〉での出来事が、一気に生々しくよみがえった。抱きしめられて口づけをされそうになった甘い記憶と、それとは正反対の、高子《たかこ》から浴びせられた冷たい言葉。居留守《いるす》を使いたかったが、家にいることはすでに母の口から伝わってしまっていた。

美咲はどきどきしながら玄関に赴《おもむ》いた。なにしに来たのだろう。ひやひや、と言ったほうがよいくらいに、複雑な心地なのだった。

「こんばんは」

弘人は玄関口に立ったまま、美咲を待っていた。裏町から来たらしく深い藍色《あいいろ》に縞《しま》の地紋の見慣れた着流し姿なのだが、やっぱり凜々《りり》しくて、いちいち胸がしめつけられる。

「こんばんは。どうしたの」

美咲は緊張しながら訊《たず》ねた。

会うのは、あの〈御所〉の夜以来である。

「酒天童子《しゆてんどうじ》が五重塔《ごじゆうのとう》を落成させたんだ。その祝いの宴会《えんかい》が今夜あるから、おまえと行こうと思って」

弘人は気さくに微笑《ほほえ》んで言った。

「五重塔？」

「ああ、こっちでいうと、雑居ビルみたいなもんだよ」

「酒天童子って、そういうお仕事をしていたの？」

「そういうお仕事もしているの」

「いつもお酒飲んで遊んでいるものだとばかり思ってたわ」

「まあ、それもあいつの仕事だけど。行こうぜ」

弘人は美咲を導くかのように玄関の引き戸を広く開けた。

瞳《ひとみ》は黒い。〈御所〉の夜のときのような妖《あや》しい色気みたいなものはまったくなく、顔には真《ま》面目《じめ》で清廉《せいれん》な感じが満ちている。弘人とはそもそもこういう人となりであったことを、美咲はあらためて思い出した。

「あ、でも、今日はちょっと……」

美咲はとっさに断った。誘われたのは嬉《うれ》しいが、もう一緒に出かけるわけにはいかない。

「なんだ。無理やり酒を飲ませるようなことはしないよ」

「そんなんじゃないけど……」

煮えきらぬ美咲の顔を、弘人がけげんそうにのぞき込む。

「なに、食い過ぎで腹でも痛いのか？」

「そんなんでもないけどっ」

「じゃあ、なんだよ」

どうしても高子から受けた忠告が邪魔《じゃま》をするのだ。美咲は落ち着かなくなって、弘人から目をそらしてうつむいた。

沈黙が落ちた。

「おいで」

ふいに声が優しくなって、弘人の手が美咲の手を取った。

とつぜん触れられてどきりとした。ついこのまえ、この人の胸に抱きしめられたのだと思うとにわかに顔が熱くなる。

いけないと思いつつも、じっと伝わるその温《ぬく》もりに無条件に惹《ひ》かれて美咲はつい一歩足を進めてしまった。

咎《とが》めるように弘人を仰《あお》ぐと、美咲の中にわだかまる躊躇《ためら》いが単なる気まぐれでないことをすでに読んでいるような目をしている。

「待って」

美咲は思わず踏みとどまった。

（あたし、本当に行くつもり……？）

胸がどきどきしていた。単純に、弘人といるからなのか、それとも高子に逆らう行為に怯《おび》えているからなのか、よくわからない。その、どちらでもあるような気がした。

「ああ、お母さんにも伝えてこい。帰りはちゃんと送るよ」

弘人が、やや強引に話をすすめてしまう。

「ええっと、でも用意とかもしてこなきゃ……」

決心のつかぬまま、美咲はぎこちなく返す。行くにしても部屋着のままだし、ハンカチの一つも持っていない。

「待ってるから、早くしてこい」

弘人は手を離す。

美咲は流されるままに、無言でこくりと頷《うなず》いた。弘人と一緒に行きたいという自分の中の気持ちに逆らうことができなかった。

(これで、最後にしよう)

洋服に着替えて支度をととのえながら、美咲は瞳を伏せてそう心に決めた。そして今日だけは、できるだけつらいことは考えないようにしようと思った。これで、おしまい。最後の、いい思い出のために。


裏町へ行くため、夜風にゆれる朱色《しゆいろ》ののれんをくぐって店に入ると、

「行ってらっしゃいませ」

行き先を知っている風情《ふぜい》の雁木小僧《がんぎこぞう》が品出しの手を止めてにこやかに言った。が、

「美咲、こんな時間からどこ行くの?」

レジにいた劫《めぐる》が引き止めた。

「あ、ちょっと、ご飯食べに……」

美咲はなんとなく弘人のほうをチラと見てから、なにも、くわしく答える必要もないかと思って言葉尻《ことばじり》を濁《にご》した。

「ふうん、ご飯ね」

劫がひとこと言いたげな目を弘人に向けるが、弘人は無表情でそれをかわす。

美咲はなにやら居心地の悪さを感じながらいそいそと襖《ふすま》のほうへ向かった。

「あ」

襖の前で、取っ手に弘人と同時に手をかけてしまい、ふたりの手が重なった。

美咲は思わずやけどでもしたかのような仕草で手を引っ込めた。

「あ、ご、ごめんなさい」

条件反射のように火照《ほて》る頬《ほお》に困りながら、美咲は小声で詫《わ》びた。

「おまえさ、さっきからなにいちいち赤くなってんの？」

弘人がその過剰《かじょう》なまでの反応を訝《いぶか》しんで問う。

「だ……だって、〈御所〉のこと思い出して、なんだか意識しちゃって……」

美咲は思わずバカ正直に答えてしまった。けれど、事実だった。肌が触れ合ったりすれば、どうしてもあのときの、弘人との記憶がよみがえる。

ところが彼は、不思議そうに眉《まゆ》を上げた。

「〈御所〉で？　なんのことだ」

「えっ、なんのって……。まさか、覚えてないの？」

「だから、なにを」

「あの夜のことよ？」

「ああ、ごめん。あの時、だいぶ飲んでたからなあ」

弘人はくしゃりと自分の髪をかきながら、けろっとした顔で言う。

「なんにも覚えてないの？　本っ当になにも？」

美咲は思わず目を丸くした。

「いや、ぼんやりとなら覚えてるぞ。おまえになにか良《い》いことしてやったなあくらいの感じ？」

「してやったって、それじゃあまるでこっちがキスや抱擁《ほうよう》をせがんだみたいな言い方じゃない！」

「ああ、そう。キスや抱擁をせがんだのか、おれは。そりゃ悪かったな」

揶揄《やゆ》を含んだような分かりづらい表情で弘人はかすかに笑う。

「あ、えっと……」

美咲はますます頬を赤らめて言葉を詰まらせた。

「べつにっ。覚えてないならもういいわよ」

くわしく話すのも馬鹿らしいので、美咲はつむじを曲げてそっぽを向いた。

信じられない。酒のせいであんなふうに振る舞っただけなのか。たしかにあの日の弘人には違和感を覚えたけれど。そして、そういえば酔うと好色になるとか酒天童子も以前言っていたけれども。

（やっぱり酔ってたんじゃないの！）

一人でどきどきして馬鹿みたいだ。おまけに、そのこと自体をさっぱり忘れてしまっているなんて。

「本当にいいのか？」

「本当にいいのよ」

「あ、そう。ならいいけど」

弘人はそう言うと、妙にとりすました笑みを浮かべながら襖を開ける。

会いたいと言ってくれたことも、忘れてしまったのだろうか。あれくらいは、酔いにまかせて出た本音だと思いたい。

美咲は少しがっかりして、そんなふうにがっかりしている自分に納得がいかず、頭を振った。

（違う！　いいの。べつにヒロのことなんて、なんとも思ってないんだから）

そうだ。これで、高子の言葉に深刻になることもない。自分たちは男女の間柄《あいだがら》になどなりえない。ただの顔見知り。同業者。そうそう、と美咲はひとりで頷いて、〈御所〉の夜になんとなく胸の中に抱きかけていた妙な期待も、高子によってもたらされた憂鬱《ゆううつ》もきれいに頭から締め出した。

「あの、そんなとこで痴話《ちわ》喧嘩《げんか》してないで、さっさと行っちまってくださいよ。人間の客、来ちゃいますよ」

雁木小僧が襖の前でなにやらもめていたふたりを控えめに急《せ》かす。襖での行き来が人間の記憶に残るようなことはないが、できれば見られないようにするのが裏町の掟《おきて》。

「じゃあ、行ってくるわね」

美咲は気を取り直して、足取りも軽く敷居をまたいだ。家を出るときよりも明るくなった美咲の顔を、満足げに見守っていた弘人がその後に続く。

ふたりの様子を、劫が、複雑な面持《おもも》ちでじっと見ていた。

4

酒天童子《しゅてんどうじ》が落成させたという五重塔《ごじゅうのとう》は、白木のみで普請《ふしん》したたいそう立派なものだった。

各階には高欄《こうらん》が廻《めぐ》っており、ゆるやかな反《そ》りの五重の屋根の最上部には相輪《そうりん》が天に向かってそびえている。間近で見上げると、なかなかの迫力である。

近づくと新木《あらき》のいい香りが鼻をくすぐる。

弘人《ひろと》について観音開《かんのんびら》きの大戸を押して中に入れば、香りはいっそう濃くなった。

現《うつ》し世《よ》のもののように礼拝を目的とした外観のみの仏塔ではなく、中にはしごが通され実際に部屋が存在している。一階ごとに商売人を募《つの》って貸間にするのだという。いわゆるテナント募集中の雑居ビルである。

祝宴《しゅくえん》は最上階で催《もよお》されていた。

会場は板敷きの大広間で、さまざまな妖怪たちでごった返していた。人型でないのも混じっている。酒が振る舞われて、客の半数はすでに酔っている。

『八客《はっかく》』で見かけたような顔ぶれに囲まれて酒天童子がいた。野性美あふれる顔が、吉祥文様《きっしょうもんよう》の単衣《ひとえ》によく映《は》える。相変わらず威風堂々《いふうどうどう》としていて存在感のある男である。

弘人はそこに行って、祝いの言葉をかけた。

「おう、二ノ姫も一緒か。こっちに座れ」

美咲《みさき》の姿に気づいた酒天童子が向かいに二人分の席をあけさせる。

「なんの話だ？」

弘人が卓上に広げられた『裏町之地図』をのぞき込みながら問う。

どこの区界のものかは不明だが、ところどころに赤丸がつけられている。

「人肉売買の取引場所の目星がついたらしい」

「人肉！」

美咲はぎょっと目を見開いた。妖怪は、人の肉や魂《たましい》を喰《く》う生き物だが、生身の人間を襲うことは橘《たちばな》屋《や》の取り締まりの対象になっている。いま、裏町に人肉が出回っているのだとしたら、不当に卸《おろ》されているものということになる。

「人の肉が取引されているというの？」

「ときどき忘れたころに起きるんだよな、こういう事件」

弘人がいささかあきれた様子で言う。

「人肉はいい闇値《やみね》がつくからな」

酒天童子が苦笑する。

「残ったって自分で食えばいい。あれは文句なしに美味《うま》いからのう」

「食べたこと、あるのね……？」

大座頭《おおざとう》の発言に、美咲は思わず眉《まゆ》をひそめる。自分だって牛や豚の肉を食べるのだから何か言える立場ではないのだが、あまりいい気はしない。

「闇市《やみいち》の連中の口を割らせるのには骨が折れたらしいぞ。どうやら関係者同士でつるんで生産拠点もころころと変え、徹底的にアシがつかないようにしているらしい。人肉売買の段取りに精通している者がいるようだ」

酒天童子が言った。

「前科者とか？」

と弘人。

「かもしれん。地図を見てくれ。赤丸のところが過去に取引所に指定された噂《うわさ》のある場所だ」

「『鍾乳堂本店《しょうにゅうどうほんてん》』、『幻徳亭《げんとくてい》』……このへんは奇抜な内装をウリにしていることで名の知れた大店《おおだな》だな」

弘人が地図を見ながら言う。

「奇抜な内装って？」

「たとえば、この『鍾乳堂』だったら、部屋の壁が宝石で埋めつくしてあったり、あと、文字通り鍾乳石の部屋があったり」

妖怪の趣味は人間とずれているので裏町には奇天烈《きてれつ》な店が多い。

「宝石をちりばめた部屋なんて素敵じゃない。行ってみたいわ」

「残念ながら『鍾乳堂』は陰間茶屋《かげまぢゃや》だ」

陰間茶屋とはいわゆる男色を売る店のことをいう。

「おまえ、『砂糖御殿《ごてん》』とかも好きそうだね。今度連れていってやろうか」

弘人が気まぐれな感じで誘う。

「砂糖御殿？」

「本区界《ほんくかい》の宇治《うじ》にある和菓子店だよ。なにもかも砂糖づくし」

「逢引《あいびき》の約束もいいが、この俺様の五重塔の借り主に、犯罪関係者どもが名乗りをあげるとのちのち面倒なので、さっさと尻尾《しっぽ》をつかんでしょっ引いてくれ」

酒天童子が言う。

逢引と言われて、美咲の心がかすかに痛んだ。自分たちは、そういう間柄《あいだがら》ではないし、もうなることはできない。

「うちの仕事か？」

と弘人が問う。

「こっから先はな」

酒天童子が頷《うなず》く。情報は取りそろえたのであとは任《まか》せたという態《てい》。

「この右端のは、くわしい所在地がつかめない店だ」

酒天童子が地図の端に書かれた文字を指差して言い添えた。

「『蜜虫楼《みつむしろう》』か。妙な屋号だな。あ、これ、酉《とり》ノ区界のどこからしいぞ。知ってるか、おまえ?」

弘人が横にいる美咲に問う。

「『蜜虫楼』? 聞いたことないわ。そういえば、うちでこの前、蜘蛛《くも》の子を捕まえたの。裏町に迷い込んだ人間の耳から出てきたやつが」

思い出したように美咲が言うと、一同の注目が彼女に集まった。

「人間の耳に蜘蛛の子とは、使い魔かのう?」

大座頭があごをさすりながら美咲に問う。

「ええ。もしかして人肉売買の事件と関係がある?」

「ありうるぞ。誰かが使い魔を仕込んで意図的に人間をこっちに招いたわけだからな」

酒天童子が言う。

「客のふりをして下見に行ってみるかな。手始めに『鍾乳堂本店』あたり」

地図を見ながら弘人は思案する。

「陰間茶屋なのに?」

「知り合いの絵師がそこの常連なんだよ。そいつについて店に入る目算《もくさん》だ」

「西ノ区界のお店のほうなら、あたしが探してみるわ。……見つかったら今夜にでも橘屋の名を使ってこっちから乗り込もうかしら。意外と現行犯逮捕ができるかもしれない」

美咲は言った。

「そいつはまた、豪気《ごうぎ》な発言だな」

「または無鉄砲《むてっぽう》ともいう」

酒天童子に続いて大座頭が言う。

「ああ、こいつは間違いなく、見る前に跳《と》ぶタイプだよ。向こう見ずのうっかり者」

弘人があきれたように言って笑う。

「でも、それでもなんとかここまで十七年、無事に生きてこられたわ」

「次に跳んだ時は、足元が針山になっているかもしれないからせいぜい気をつけろ」

弘人がただちに笑みを消して言う。にべもない一言であるが、さんざん迷惑をかけているので返す言葉がない。

その後美咲は、ものすごく強い妖怪が相手だったり、敵の数が多かったりしたら一人では太《た》刀《ち》打《う》ちできないので、下調べはできるだけしたほうがいいと弘人から説教された。

それから小一時間ほどして、酒の肴《さかな》にも飽《あ》いてきたころ。

給仕らしき女が新しい料理を運んできた。小指の頭ほどの丸いものが器《うつわ》にこんもりと盛られていて、そのひとつひとつは無色で、ぼんやりと向こうが透けて見える。

「これってなに？」

美咲はその神秘的な見かけに興味をひかれて箸《はし》で一粒つまみ上げてみた。香りはなく、見た目は小さな飴玉《あめだま》のようだ。

「これは月光貝《げっこうがい》の中に小さな核を仕込んで作られる料理だ」

酒天童子が言った。月光貝は核を異物とみなし、身を守るためにその核を覆《おお》う層を形成する。それがこの食べ物になるのだという。

「真珠《しんじゅ》ができるのと同じ原理ね」

「味は貝の性質によって四種類。初恋の味、屈辱《くつじょく》の味、おふくろの味と普通の貝の味で、どれが当たるかは食ってからのお楽しみだぞ」

なんという珍妙な食べ物。

「でも、初恋も屈辱もおふくろも、人によってそれぞれ味が違うものじゃない？」

おふくろにいたっては、存在しない妖怪もいる。

「だから面白い食い物なのだ。食ってみろ」

要するに人それぞれの味が出るのだという。美咲は好奇心で、ひとつ、口に入れてみる。

甘くまろやかそうな見かけとは裏腹に、じわりと脳髄《のうずい》に響く渋《しぶ》みと、季節はずれの果実を口にしたような酸味の混ざった複雑な味が口腔《こうこう》に広がった。そして、かなり固い。

「うわ……まず」

「そいつは大当たり、屈辱の味だな」

酒天童子が美咲のしかめつらを見て笑う。

「ああ、美味い。おれのはノーマルな貝の味だ」

となりで同じように一粒口にした弘人が、ことさら満足げに言った。

「いいなー」

「じゃあ、交換してやろうか」

弘人はちらりと舌にのせた玉をのぞかせ、いたずらっぽい目をして言う。

「え……」

「先におまえのをよこせよ」

弘人は目を丸くしている美咲の手を摑《つか》んで懐《ふところ》に抱き寄せると、ぐっと顔を近づけてきた。

「よこせって、どうやって……」

間近に弘人の美貌《びぼう》が迫って、焦《あせ》りと緊張でにわかに鼓動《こどう》が速まる。

「例によって、口移しで」

弘人がどこか淫靡《いんび》な笑みを浮かべ、耳元でささやくように言う。

美咲が顔を赤らめながらまわりを見回せば、みなが薄笑いを浮かべつつ、じっとりと卑猥《ひわい》な期待を寄せてこちらを見ている。

「ちょっと、離してよ。ほかの妖怪たちが見ているじゃないの」

あわてて手首を摑む弘人の手を振り払う。

「いいんだよ、べつに。見せてやれば」

弘人はまったく意に介さぬ様子で言って、肩を抱き寄せているほうの手にいっそうの力を込めた。酒のせいか、ふだんより放埒《ほうらつ》な印象である。そういえば、瞳《ひとみ》の色もいつの間にか優美な翡翠色《ひすいいろ》に変わっている。

「また酔ってるのね」

「まだ酔ってないよ」

「嘘《うそ》。別人みたいだわ」

「おれはこういう男なんだよ」

「いいえ。〈御所《ごしょ》〉の夜だって、そう言っておいて、結局なんにも覚えてなかったじゃない。霊酒《れいしゅ》のせいなのよ」

「ほんとはちゃんと覚えてるよ」

「えっ。さっき、ぼんやりとしか覚えてないって……」

美咲は目を丸くした。

「そういうフリをしただけだ。おまえのほうこそ、あれだけ酔っ払っていたくせにしっかりと

覚えていやがって」

「どど、どういうことなのよ、それは！」

頭が一気に混乱して、頬がますます紅潮《こうちょう》する。

「細かいこと気にしてないで、早くよこせ」

弘人は焦《じ》れたように言って、美咲のあごをとらえる。

「い、いやよ。なんで人前でそういう変な行為を強要するのよ、ヒロのばかっ」

美咲は思いきり手を払い除《の》けた。

「人前じゃなきゃいいのか。じゃあ、衝立《ついたて》の向こうでするか」

「そういう問題じゃないのよ」

「じゃあ、どういう問題だよ」

(どっちにしてもこういうお色気モードは危険だわ……)

美咲は顔をそむけ、どきどきと跳《は》ねる心臓を押さえる。口の中では、月光貝の玉がいよいよ溶けだして苦いような味までが広がりはじめる。

「ガタガタぬかしてねえで、さっさとやれ」

酒天童子が笑って急《せ》かす。周りの妖怪たちもはやしたてる。みなが、この状況を面白がっているのがありありとわかる。

どうせ、からかっているだけなのだ。いつも、そう。

「やめて！」

たくさんの好奇の視線に囲まれて気恥ずかしさに耐えられなくなった美咲は、弘人の胸を突き飛ばして離れると、口の中の月光貝の玉を、がりがりと力いっぱい噛《か》みくだいた。

「ごちそうさまっ。もう食べちゃったから、変えていただかなくてけっこうですッ」

ごくりと飲み下してから、つんと横を向いて言った。

「丈夫な歯持ってるなー、おまえ」

弘人は半ばあきれたような、興《きょう》ざめした顔で美咲を見ている。

どきどきさせるだけさせておいて、やっぱりただの悪ふざけ。こっちが困るのを見て楽しんでいるだけなのだ。きっと〈御所〉の夜もそういうつもりだった。

なんともいえない苦味が口の中に残って美咲は渋面《じゅうめん》をつくった。たしかに屈辱らしき味がするのだった。

「おい、弘坊。雨女《あめおんな》のご指名だぞ」

酒天童子が、少し離れた席から仁王立《におうだ》ちになってこちらを見ている雨女をあごで示して言う。

弘人が気づいて顔を向けると、雨女がくい、と指を折って差し招く。

雨女は情報屋の一人である。藤色《ふじいろ》に流水模様の描かれた付け下げ姿で、あいかわらず滴《したた》るような色気をまとっているが、意外にも、たけなわのこの宴《うたげ》に似つかわしくない真顔をしていた。仕事関連の話だろうかと美咲は思う。

「おまえはここにいろ」

弘人はそう言い残して一人席を立った。

「どっちが本当のヒロなの?」

弘人が雨女のとなりに行ってしまってから、美咲は酒天童子に訊《たず》ねた。

「あ?」

「さっきみたいなのが本性なの? それともお酒のせい?」

「あれはまだ素面《しらふ》の範疇《はんちゅう》だ」

「え、そうなの」

「霊酒を飲むと妖気を抑《おさ》えづらくなる。妖気を解放すればおのずと理性も薄れる」

「理性が、薄れる……」

「そのどっちが本物かと問われると、どっちも本物と言わざるをえないな。ヒトの姿も鵺《ぬえ》の姿も弘人であるように」

するると弘人が妖気を解放して翡翠色の瞳をしているときは、いろんな意味で危険ということになるのか。

そういえばこのまえ雷神を呼んだとき、鵺に変化《へんげ》する直前の弘人も、普段とは別人のような、なにやら危ういものをはらんでいた。

「あいつの場合、ふだんスカしてるせいで、妖気を解放するとその反動が来るんじゃねえのか。まあ、飲んだときぐらい甘えさせてやれ」

酒天童子はそう言って盃をあけながら陽気に笑う。

「とっても迷惑なんですけどっ」

美咲は鼻息を荒くする。

だいいち、もう弘人のとなりにはいられないのだ。こんなふうに一緒に出かけることも、きっともう許されない。

考えないようにしていたはずのことがにわかによみがえってきて、美咲は急に暗い気持ちになった。弘人がどういう性格でも、もうこれっきり。明日からの自分には関係ないのだから。

5

雨女《あめおんな》が、吹きガラスのグイ呑《の》みに黄金色《こがねいろ》の美酒を惜しみなく注《つ》いだ。

とろりとした液体が、揺れながら鈍《にぶ》く美しい光を放つ。

「人肉売買の件は片付けられそう？」

と雨女。

「さあ。おまえが情報を渡したのか」

「一部はね。闇市《やみいち》の出店者の筋から一晩かけて引き出した貴重な情報なの。クソ面倒な手合いだったけど、酒天童子《しゆてんどうじ》が気前よく金《アシ》を積んでくれたので文句は言わないわ」

「そう。ごくろうさん。で、なに？　おれを呼んだ理由は」

弘人は黄金色の酒を味わいながら問う。この、刺々《とげとげ》しい金属じみた味とざらついた独特の喉《のど》越《ご》しがいい。

「別件で、お話ししておきたいことがあるのよ」

「今夜は稼《かせ》ぐね」

「いいえ。真偽《しんぎ》が定かでないので御代は取らないわ。善意の忠告とでもとっておいて」

「おまえの善意って……。おっかないな。なんなんだよ、一体」

弘人は思わず酒を飲む手を止めた。

「闇市の連中と火遊びしている最中に、妙な情報を仕入れたのよ。『〈帝《みかど》〉への献上物《けんじようぶつ》』の噂《うわさ》をご存じ？」

「初耳だ」

「〈帝〉くらいは見当つくでしょう」

弘人はひと思案《しあん》するまでもなく問い返す。

「もうじき高野山《こうやさん》から出てくるアレか？」

隠《かく》り世《よ》の高野山は、人の世界でいうと罪人を閉じ込めておく場所、いわゆる刑務所である。

「そう。そのアレよ。彼の出所に合わせて、共鳴者どもが貢物《みつぎもの》を差し出す準備をこぞって進めているそうよ。見事、〈帝〉のおめがねに適《かな》うものを贈れば、彼が橘屋《たちばなや》を乗っ取って裏町の覇権《はけん》を握ったあかつきに、官位を約束されるというの」

「官位って……。君主の真似事《まねごと》だな」

「どうしても、天子《てんし》の位《くらい》があきらめきれないのよ、彼は」

アレとは崇徳上皇《すとくじょうこう》のことをいう。

崇徳上皇は、平安《へいあん》時代の末期、天皇の位を巡る争い（保元《ほうげん》の乱）に敗れ、讃岐《さぬき》に流された悲運の人物である。深い恨《うら》みを抱いたまま死んでも死に切れず、天狗《てんぐ》に化生《けしょう》して甦《よみがえ》った。一部の天狗を眷属《けんぞく》に引き入れ、現《うつ》し世《よ》に戦乱や祟《たた》りを引き起こしてきた数々の罪により、長らく高野山に閉じ込められている大妖怪である。

「執念深いやつだな。あのあと権力はちゃんと朝廷から武家に移って、復讐《ふくしゅう》は果たされたじゃないか」

崇徳上皇がみずからの血で遺《のこ》したといわれる呪詛《じゅそ》は『皇《すめらぎ》を取って民《たみ》となし、民を皇となさん』。彼の引き起こした保元の乱は、結果的に武士を政治の表舞台に登場させるきっかけとなっている。

「でもご自身は思うように帝の地位にとどまっていられなかった」

と雨女。

「結局はそれが望みなのか。だからこんどは隠り世《こっち》で頂点に返り咲きたいと？」

崇徳の大天狗が橘屋転覆《てんぷく》を目論《もくろ》んでいるという説は、かなり以前から漫然《まんぜん》と流布《るふ》している。ただ、彼がもうじき刑期を終えて高野山から出てくるので、ここへきて噂が派手なものになって信憑性《しんぴょうせい》を帯びてきているのである。

「崇徳の情報も、尾ヒレが山のようについて、もうどれが真実かわからないよなあ」

弘人はあきれたように言って、酒をあおる。

「どれもデマだという可能性もあるわね」

雨女は弘人のグイ呑みに酒を注ぎ足しながら言う。

「あれ。おまえがそれ言っちゃ、まずいんでないの？」

確かな情報を売るのがこの女の仕事のはずである。

「崇徳上皇に関しては、緘口《かんこう》が徹底しすぎていていまのところどれも商売にはならないわ。裏が取れないのよ。まったくべつのだれかが崇徳の名を騙《かた》って、噂だけを流している可能性もあるし」

噂に踊らされる連中を高みの見物で楽しむ。

「悪趣味な話だな」

「個人的な憶測《おくそく》だけれどね。で、話は戻るけど、その献上物の目録《もくろく》の中に天狐《てんこ》の赤子というのがあるらしいのよ」

「天狐の赤子？」

　弘人は聞きとがめる。

「そう。天狐の血を引く女を孕《はら》ませて、生まれた子供を崇徳上皇に捧《ささ》げるという企《くわだ》てがあるらしいわ。赤子のうちに手なずけておいて、ゆくゆくは橘屋転覆に利用してもらおうというわけね。〈帝〉の、お気に召《め》すままに」

「それはまた、大胆《だいたん》かつ無謀な目論みだな。ガキなんて、思うように授からないだろ。しかも生まれてくるのが天狐かどうかだって、賭《か》けみたいなもんだ」

　生まれてすぐは、ただの妖狐と区別はつかない。ある程度成長して、強い妖力が顕《あらわ》れてはじめてそれとわかるものなのだ。

「それもまた一興《いっきょう》なんじゃない？　でも、あの小娘なら可能性は確実に秘めてるわ。このまえの『高天原《たかまがはら》』の騒動だって、結局はあの娘の胎《はら》に価値を見出《みいだ》したやつらが動いて起きたことだったじゃない」

　雨女は美咲《みさき》のほうを目で示して言う。血脈《けつみゃく》を絶やさぬ力が働くためか、天狐は異類婚をした場合の子か、あるいはその次の代に生まれる確率が高いと言われている。

「で、どこのどいつの計画なんだよ、それは」

「残念ながらそこまでは吐かせられなかったわ。さっきも言ったように、献上品の件や目録そのものがデマなのかもしれないし」

弘人は腕組みしたまま黙り込む。

「どのみち気をつけないと、あの娘は今後も狙《ねら》われるわね。天狐の血脈は利用価値がありすぎるもの。で、どうする、若旦那《わかだんな》は？」

雨女は弘人のほうにしなだれかかるようにして問いかける。

「どうするって、……四六時中《しろくじちゅう》あいつを見張ってるわけにもいかないだろ」

弘人はなんとなく美咲のほうに目をやりながら言う。

美咲は酒天童子らから酒を注《つ》がれている。また飲まされているらしい。

「でもそうしたい気持ちはあるのね」

くすり、と雨女が笑う。

「ないと言ったら嘘《うそ》になるかもな」

美咲は、人の血がながれているがゆえにか、守ってやらねばはかなく消えてしまうような危うさを孕んでいる。無慈悲《むじひ》で、残酷で、血なまぐさいことが当たり前のこの薄暗い世界には不釣り合いな、とても清らかなたたずまい。

「本当なら、毎晩 懐《ふところ》に抱いて無事を確かめてから眠りたいってところ？」

「おまえ、おれに何を言わせたいの？」

弘人は軽く眉《まゆ》をひそめる。

「惚《ほ》れたのか、そうでないのかの言質《げんち》を取りたいのよ。家事都合をほっぽって、私情に走る愚《おろ》かしい橘家の若様、ご本人のお口から」

「羽根族《はねぞく》あたりの奥方相手にひと稼ぎしようって魂胆《こんたん》か」

皮肉を込めて弘人が返す。

「いいえ。今夜ばかりは個人的な興味で。誓って若旦那の恋路《こいじ》を商売道具にしたりはしないわ」

「どうだかね」

「彼女が気になっていることくらいは、そろそろ認めたら？」

「ああ。そろそろな」

雨女はのらりくらりと言い抜ける弘人から離れて座卓に肘《ひじ》をつくと、あらためて弘人の顔を斜め前からのぞき込んだ。

「なんだかやけに慎重だわねえ。臆病風《おくびょうかぜ》にでも吹かれているわけ」

「そういう覚えはないよ」

弘人はさらりと言って銚子《ちょうし》に手を伸ばす。

「強がっちゃって。ほんとうは、あの裏町に免疫《めんえき》のない小娘に、自分の本性を見せるのが怖いんじゃないの」

雨女は手酌《てじゃく》をしようとする弘人から銚子を取り上げる。

「おれの本性って、どんなだっけ？」

質問をかわすように、弘人はそらとぼける。

「一見、強く正しく美しく見えて、実は傲岸不遜《ごうがんふそん》かつ嗜虐《しぎやく》趣味の我がまま男じゃない。そのくせ優しい態度を示すことで甘えるんだからタチが悪いわ」

「言うね、おまえ」

自分でも思い及ばぬところまで深く切り込まれたという気がして、弘人は口の端を歪《ゆが》める。

「彼女は優しくて安穏《あんのん》な現し世しか知らないネンネなのよ。隠り世《こっち》の血みどろの縄張り争いなんかを目《ま》の当《あ》たりにして、絶望したらどうするの？　あ、幻滅《げんめつ》と言ったほうがいいのかしらん」

「そんときは、そんときだろ。おれは引き止めてまで口説《くど》くつもりはないよ」

弘人はつとめて冷静に返した。

分かっている。彼女を自分のものにしたい。その欲望が、はっきりと自分の中にかたち作られるのに、おそらくそんなに時間はかからない。

だが、彼女がこっちの世界を望まないのだとしたら。

もし望んでも、受け入れられないのだとしたら。

――そういう彼女は必要ない。

そんなふうに割り切っている自分がいることもまた、はっきりと分かっていた。

まわりから飲まされ始めた美咲が気になって、弘人はそろそろ連れのほうに戻ろうと腰を上げた。こっちにいても、なにやら意味深《いみしん》な話になりそうで危険である。

「んふふ。無理しちゃって。つないだ手を離されて困るのは、どっち？」

雨女は、さも楽しげな笑みを浮かべて背に問いを投げかけてくる。

弘人はなぜか、それに答えを返すことができなかった。


夜もふけたころ、美咲は弘人につきそってもらい、家路《いえじ》をたどりはじめた。

春の夜の風は花の蜜《みつ》の香りを孕んでいて、ほのかに甘い。

軒行灯《のきあんどん》の揺れる小路《こうじ》沿いの店は、どこも店を開けている。すれ違う妖怪は人型が多く、昼間の現し世の繁華街くらい賑《にぎ》わっている。

「ねえ、神語《かむご》って、なにを唱えているの？」

雷神を呼ぶときに弘人が唱えていた言葉である。声は直接空気に溶けて、美咲には聞き取れなかった。

「大和《やまと》言葉に近いかな」

神社で神主《かんぬし》があげる祝詞《のりと》のような語調だという。神が相手なのだからそうなるのか、と美咲は思う。

「神効《しんこう》を降ろすときって、どんな気持ち？」

美咲は頭では、妖気を開放すると理性が薄れるのだという酒天童子の言葉を思い出していた。

「どんなって?」

「悪いやつを始末するわけでしょ。正義は勝つみたいな信念でやっているのかなと思って……」
二、三拍《はく》の間《ま》があった。
「そういうふうに見えたか?」

「よくわからなかったから訊《き》いてるんだけど」

雷神を呼び込む直前の弘人の顔はどこか嬉々《きき》として見えた。悪く言えば、狩りを楽しむ狩人《かりゅうど》のような。弱い獲物《えもの》を嬲《なぶ》って楽しもうとするような——? もちろんそれは、彼の強い妖気にさらされてなにかしらの影響を受けていた自分の単なる見間違いだったのかもしれないのだが。

弘人は考えるふうに黙り込んだ。ややあってから、

「ああいうときは、こっちも命がけだからな。相手を打ち負かすこと以外、とくになにかを考える余裕はないよ」

弘人はそう言って、なんとなく視線を暗闇《くらやみ》のほうに向ける。

「そうなの」

命がけというのはわかる。神効を降ろした日の翌朝、弘人はめずらしく寝坊をした。それほどに体力を消耗《しょうもう》するものらしいのだ。

あれもひとつの、この男の顔なのか――。美咲は、弘人のことをやっぱりまだよく知らないのだとあらためて実感した。そしてそのあとすぐに、知る必要も、権利もないのだということを思い出して、ひとり、目を伏せた。

「そういえば、おまえのとこの、あの新顔」

弘人はふと、切り出した。

「劫《めぐる》のこと？」

「そう。あいつ、おまえの幼馴染《おさななじみ》なんだって？」

「幼馴染ってほどの仲じゃないわ。ときどき家で遊んだり、一緒に裏町のお祭りに行ったりはしたけど。……誰から聞いたの？」

「百々目鬼《とどめき》が、悪い虫が飛んできたとかなんとか言いながら、訊《き》きもしないのにべらべらと」

「悪い虫って……、劫はべつに悪い人じゃないわよ」

「そう」

弘人はそれきり、なにも話さない。黙ると、なにを考えているのかさっぱり読めなくなるのが弘人の悪い特徴であると美咲は思う。

それから酉《とり》ノ分店《ぶんてん》の襖《ふすま》の前にたどり着いた美咲は、これでほんとうに終わりなのだと思って急に表情を失った。

実感はなかった。またどこかで事件が起きて、すぐに顔を合わせることになるような気がした。けれど、そのときはもう、口もろくにきかないでよそよそしく接しなければならない。ほんとうに、そんな態度を取ることが出来るのだろうか。

「ここでいいわ」

自分たちに控えている未来がそんなものであることが信じられないまま、美咲は言った。

それきり、なにも言葉が出てこない。

「どうした？」

弘人が、急に黙り込んでしまった美咲に気づいて顔を覗《のぞ》き込もうとする。

美咲は我に返ったように顔をあげて、作り笑いを浮かべた。

「なんでもない。……今日は、ありがとう。楽しかった。月光貝《げっこうがい》とか、まずかったけど」

美咲は屈辱《くつじょく》の味を思い浮かべてわざと苦笑しながら言った。

胸には冷え冷えとしたものが広がっていた。弘人と距離を置くこと、それが自分にとってどれだけつらく困難なことなのか、たったいま思い知った。

「じゃあね」

美咲は未練をふり切るように、そそくさと弘人に背を向けて襖を開けた。

じゃあ、またね。ほんとうはそう言いたかった。けれど、次を約束したら高子《たかこ》の言葉にそむくことになる。

「美咲、おまえ、大丈夫なのか？」

だしぬけに言って、弘人が引き止める。

「なにが？」

美咲は肩越しに弘人をふり返り、平常をよそおって訊き返す。

「なにがって……」

弘人は美咲の目を見たまま、黙る。その先は、美咲の口から言わせせんとしてじっと待っているふうだ。

美咲は思った。あたしを救うための手が、差し伸べられようとしている。この人は、きっといつでも相手に優しさを与える準備ができているのだろう。いま弱音《よわね》を吐いても、その胸に受けとめて慰《なぐさ》めてくれるに違いない。

けれど、それに甘えるわけにはいかない。

美咲は弘人から顔をそむけた。これで最後にしなければならない。弘人のそばで泣いたり笑ったりすることは、もう許されない。それは店のために、耐えなければならないことだ。

「大丈夫よ。なんでもないから……平気。……ありがとう」

美咲はなにごともなかったかのように言葉を並べ立て、微笑《ほほえ》んでみせた。できるだけ明るく、普通に。自分ではそうしたつもりだった。

それから今度こそ別れを告げて店に入る。

これで、彼との時間はおしまい。

敷居《しきい》をまたいだとたん、どうしようもない未練と寂《さび》しさが込み上げた。たぶん、もっと一緒にいたかった。

勘《かん》の鋭い弘人にこれ以上気持ちを読まれないよう、美咲はふり返らずに戸を閉めた。


美咲が去って、裏町側の橘屋ののれんだけがゆらゆらと揺れている。

(無理をしているな……)

弘人は思った。

気持ちを表情に出さないよう必死だったのが、ありありとわかった。

——彼女、一太刀《ひとたち》浴びせられたよ。

今朝、出勤前の鴇人《ときひと》が、どこか同情めいた笑みを浮かべながらひとことそう言った。

母・高子が、美咲になにか無理難題をふっかけたのだとすぐにわかった。

おおかた店の問題でもあげつらって圧力をかけたのだろう。先日鴇人と交《か》わした会話の内容から、高子がしたことのおおよその察しはつく。

面倒なことになった。

弘人は、揉《も》め事《ごと》を起こしてまでも酉ノ分店にこだわっている自分を笑いたくなった。

今野家《こんのけ》がこの先、天狐《てんこ》の力を利用して謀反《むほん》を企《たくら》むとは思えない。

だから自分はおとなしく藤堂家《とうどうけ》に婿入《むこい》りすればいいのだ。美咲も高子から痛めつけられることはなくなり、すべてが丸く収まる。

なのに、自分はどうして素直に従えないのだ？

弘人は、開いた右の掌《てのひら》をじっと見つめた。美咲の、しっとりと絡《から》んだ指の記憶がいまも鮮明に残っている。

ひと月前、今野家に行ったとき。あの頃からなにかがおかしくなった。

初めて会ったときは、どんな印象だっただろう。

嫌いなタイプではなかった。直感的に。けれど、それきりなんの感情も湧《わ》かなかった。

ただし、御魂祭《みたまさい》の夜、二人ではじめて裏町に入ったとき、彼女が異質であることに気づいた。

生粋《きっすい》の妖怪ではない。かといって、人間でもない。どちらにも属していない体であることが、あの妖怪のひしめく薄闇の往来《おうらい》では妙に際立《きわだ》った。

真夜中にまちがって開いてしまった花のように、楚々《そそ》として、どこかよるべない美しさ。本人すらも立ち位置に困って往生《おうじょう》している、その惑《まど》う姿さえもが、どういうわけか自分の心を惹《ひ》きつけた。

この女を妖怪《こっち》の側に引き込んでみたい。そういう強い衝動を覚えたのはあの夜だった。

美咲は、差し伸べた手を取った。導きを乞《こ》うように絡みつく、細くしなやかな指。

彼女のことを忘れようとしても、あの裏町ではぐれたときの潤《うる》んだ瞳《ひとみ》が脳裏に瞬《またた》いて、ふり返れと迫る。

「もう少し、様子を見るか……」

あまり寄り添いすぎて、馴れ合いになってしまってもいけない。

彼女のために、そして、おそらく自分のためにも。

弘人は隠《かく》り世《よ》の空に浮かぶ燃えるような赤い月を見上げて、重く長いため息を吐き出した。

この月に、彼女はどれくらい耐えられるのだろう。

雨女の言葉が脳裏によみがえる。

――繋《つな》いだ手を離されて困るのはどっち？

少なくとも自分は困らない。そういう自信が揺らぎはじめていることから、弘人は意識的に目をそむけた。

第三章　地下の誘惑

1

翌日。

今野家《こんのけ》でまかない食が出ることもあるという話を別の店員から聞きつけたらしい刧《めぐる》が、バイトを終えた雁木小僧《がんぎこぞう》を引き連れて家にやってきた。

「刧さんもお嬢さんちの釜《かま》の飯が食ってみたいそうです」

と雁木小僧が言った。

「正確には美咲《みさき》の手料理を」

刧が期待を込めてにっこりと笑う。

「残念ながら、今日はお母さんが夜勤じゃないから料理番はあたしじゃないの。今夜は親子丼《どん》だけど、それでもよかったら、食べていって」

店員のことは、ねぎらいを込めてあたたかくもてなしてやるようハツから教えられているので、美咲は快《こころよ》くふたりを招き入れた。

「なに見てるの？」

劫が、居間の和箪笥《わだんす》の上に置かれた小瓶《こびん》をじっと見ていた。

「例の蜘蛛《くも》の子。こいつなんだろ？」

「ええ、そう。この蜘蛛って、いつも決まった方角に向かって頭をぶつけてるのよね」

美咲も一緒になって小瓶をのぞく。

「使い魔なんだから、主《あるじ》のところに戻ろうとしてるんじゃないの？」

劫が言った。

「ああ、そうかも！」

「こいつを放して歩かせれば錠《じょう》の壊れた鳥居《とりい》も見つかるかもしれないよ」

「妙案っすね。敵の居場所もつきとめられる。一石二鳥《いっせきにちょう》じゃないですか」

そばで会話を聞いていた雁木小僧も言う。

「でも、こんなに小さな虫、途中で見失ったりしないかしら。建物の隙間《すきま》とかに入られたら、あたしたちでは追いかけられないわ」

「本来なら人間に入って動くはずのものだったんで、人間の通れる道をたどると思います。さっそく飯食ったら放して追っかけてみましょうや」

「外はもう暗いわね」

美咲は縁側の窓のほうを見る。時刻は夜の七時を回ったところだ。

「そいつは発光生物だから大丈夫じゃ」

会話を聞きつけてこっちにやってきたハツが言う。

「そうなの？　なら、暗いほうがよけいに目立っていいのかも」

ハツは蜘蛛を放って敵情視察することには賛成のようだ。

最近ハツは事件を美咲に一任するようになってきて、よほどのことがない限り自分から指示を出さない。彼女のそういう態度は、美咲の中の店主見習いとしての自覚を少なからずうながす。そして独り立ちできるのだという自信をかたち作ってくれるものでもあった。

「じゃあ、あたし、ご飯食べたら片づけを手伝わなくちゃいけないから、雁木小僧は瓶を持って先に店の外で待ってて」

美咲は雁木小僧に言った。

蜘蛛の子を捕らえてから一週間になる。あれ以来、被害の報告はないが、そろそろ繋《つな》がってしまった鳥居の場所くらいはつきとめたい。

すると、

「ぼくも行くよ」

劫がきまぐれに名乗りを上げた。

「裏町なのよ？」

「いいよ、べつに。美咲と一緒ならどこでも行くよ、ぼくは」

「いやあ、ダメっす。劫さんとふたりきりじゃ、違う意味で危ないんで、自分も行かせてもらいますよ」

雁木小僧が神妙に言った。

「どういう意味？」

と美咲が不思議そうに問う。

「言ったとおりの意味っすよ」

劫が不服そうな目でじろりと雁木小僧を見やるが、彼はそれきりそっぽを向いて押し黙った。

「まあ、新米と美咲ふたりでは確かに心もとない。雁木小僧も行くがよい」

ハツが命じる。

「じゃあ仲良く三人で行きましょう」

美咲は言った。


蜘蛛の子はどこへ向かうだろう。事件解決へと導いてくれるだろうか。

夕食を終え、美咲が片づけもすませて支度をととのえてから店の前に行くと、思わぬ客がそこにいた。

「ヒロ……」

美咲は驚きに目を見開いた。

見覚えのある着流し姿で、少し微笑《ほほえ》みながらも無言で美咲を迎える。

なぜ、またうちに来たのだろう。つい昨日会ったばかりなのに。

理由を訊《たず》ねようと口を開きかけたとたん二の腕を取られ、強い力で引き寄せられた。

いきなり抱きすくめられ、美咲は息を呑《の》んだ。思いがけぬ行為。おまけに、夕暮れ時とはいえ人の目がある。

「ちょ……、どうしたの？」

衣服を通して、ほのかに弘人《ひろと》の体の温《ぬく》もりが伝わる。

それを感じてしまう自分に焦《あせ》りみたいなものを覚えながら、美咲は一気に紅潮《こうちょう》した顔を下に向けて問う。

「驚き半分、でもこの胸に抱かれるのはやっぱり悪くないなってところ？」

弘人は、耳元に口を寄せてささやくように言う。

「な、なに言ってるのよ」

胸のうちを言い当てられたような気がして、美咲はどぎまぎとしながら返した。

「こいつのこと、好きなんだろ」

弘人が言う。

言っている意味が分からず、美咲は眉《まゆ》をひそめ、けげんな顔で弘人を仰《あお》いだ。

(こいつ……?)

「ぼくは劫だよ」

美咲ははたと目を瞠《みは》った。

顔も体つきも弘人そのものなのに、口調が違うこともあって、いまや違和感がそこはかとなく漂う。

「きみにはないんだっけ、こういう力」

言い終えるや否《いな》や、面《おもて》を隠すように額《ひたい》に手が添えられて、弘人がまたたく間に劫の姿に変わる。

「化《ば》かしの法……」

美咲はあっけにとられてつぶやいた。

「小さい頃も、きみはいつも騙《だま》されてたよね」

劫は罪のない顔で楽しそうに笑っている。

「よしてよ。たちの悪い冗談だわ」

美咲はゆるんだ劫の腕から逃れると、もう二度としてほしくないのでぷいと顔をそむけ、不《ふ》愉快《ゆかい》さを滲《にじ》ませた声で言った。弘人に抱きしめられたような錯覚《さっかく》が体のそこかしこに残っていて、いまだに鼓動《こどう》が鎮《しず》まらない。

「きみとあの本店の息子とのロマンスなら、百々目鬼《とどめき》が面白おかしく、かつ叙情的《じょじょうてき》に話してくれたよ。それでなくとも、あいつといるときのきみを見れば一目瞭然《いちもくりょうぜん》なんだけど」

からかい半分の口調で劫は言う。

「ロマンスって、あたしはべつに、ヒロのことなんてなんとも……」

「嘘《うそ》つけ」

劫は意地悪そうに目をひらめかせる。

「ついてない。もう関係ないのよ」

美咲はどこか自分に言い聞かせるように、ムキになって返す。

「遊んでないで、そろそろ行きましょうや」

横で一部始終を見ていた雁木小僧が、あきれたように言ってふたりを急《せ》かした。

店の前の歩道で蜘蛛の子を瓶から放つと、それは意外な速さで北へ向かった。

遠距離の追跡もありうると覚悟して意気込んで出発したのだが、思いがけずひと駅ほど追いかけたところの神社で現《うつ》し世《よ》の道をそれた。

「こんな目と鼻の先……？」

「ここは明日点検に行くことになっていた区画っすね」

雁木小僧が言う。近すぎて、なんとなく後回しになっていた箇所《かしょ》である。

鳥居をくぐれば、裏町も、しっかりと夜の帳《とばり》が降りていた。

「あ、やべ」

雁木小僧が袂《たもと》を押さえて、何かを探すようなそぶりをしながら立ち止まった。

「なに?」

「すいません、お嬢さん。忘れモンしました」

「なにを?」

美咲はあわててしゃがみ込むと、足元を這《は》っていた蜘蛛の子を見失わぬように捕まえて、瓶に戻した。

「いや、たいしたものじゃないんすけど。でもおれの首がかかってるんで、取りに戻ります」

「なんなの、それ。あんたの首がかかってるのなら、重要なものじゃない」

美咲と劫がけげんそうに雁木小僧を見る。

「まあ、そうっすけど。とにかくひとっ走り行ってきます。ここでしりとりでもして待っててください。すぐ戻りますんで」

「蜘蛛ならぼくと美咲のふたりで追うから、きみはもういいよ」

劫が雁木小僧をお邪魔虫《じゃまむし》扱いして言う。

「いや、待っててくださいよ。三人で行けと、店主《オーナー》からも命じられてますんで」

雁木小僧は生真面目《きまじめ》に言って、もと来た道を駆け足で戻っていった。

「変なの」

美咲は立ち上がって、瓶の中をたしかめた。蜘蛛の子は依然《いぜん》として一方向を目指している。

昼間は気色悪いが、こうして夜、瓶の中に閉じ込められて光を放つ姿を眺めると、意外にも神秘的で美しいのだった。

美咲と劫は、たわいない会話をして時間を潰《つぶ》した。

ふと目の前に、なにかがふわりと舞い降りてきた。発光性のある綿毛《わたげ》のようなものだ。

「あ、見て、劫」

美咲は、上着の裾《すそ》についた、そのぼんやりとあたたかく光るものをつまんで見せた。

「種？」

「そうみたい」

道端《みちばた》を見ると、うっすらと発光性のある薄紫色《うすむらさきいろ》の小花が咲き乱れていて、いっせいに胞子《ほうし》を飛ばしているのだった。

隠《かく》り世《よ》にしか棲息《せいそく》していない、昼間なら見過ごしてしまうような地味な花である。

闇《やみ》の中に、蛍《ほたる》のような胞子が音もなくゆっくりとわきあがって広がっている。

「きれいね」

美咲はその様子に目を奪われた。はかない幻《まぼろし》を見ているようだ。

が、同じように花を眺めていた劫が言う。

「でも、夜中に胞子を飛ばす発光性の花には毒があるんだって、むかし母さんが言ってた」

「毒……？」

「うん。だからあんまり触っちゃダメなんだってさ。まあ、口に入れたりしなければいいみたいだけど」

美咲は目の前の景色が急におどろおどろしいものに変わってしまったような気がして、残念な気持ちになった。

「こんなにきれいな、蛍みたいな種を飛ばすのに……」

劫は虚空《こくう》を漂う胞子をひとつ掌《てのひら》に閉じ込め、それを目の前でまた開いた。

「人間の魂《たましい》も、こっちだと、こんな蛍みたいな状態らしいね」

「あたし、半妖怪だから、見たことないの。見えないのよ。話には聞いたことあるんだけど」

隠り世に解き放たれた霊魂《れいこん》は多くが採集される。それが手を加えられて、食餌《しょくじ》なり霊酒《れいしゅ》なりに変わり、妖怪たちの体に吸収される。そうして消えたものが、またふたたび、ふたつの世界の巡りの中に新しい命として戻ってくるという。

「そっか。ぼくも魂なんて、見たことないよ。直接喰《く》ったこともないし。でも新鮮なものほどうまいから、こっちじゃ取り合いらしいね」

「そうなの……」

このまえの人肉売買の話のときと同じ、なにか妙な感じがして美咲は口をつぐむ。

「あんまり、こういう話、したくない？」

劫が気遣《きづか》うように美咲をのぞき込む。

「そりゃあ、なんとなく……」

美咲が曖昧《あいまい》に返すと、劫は道端の花のほうに視線を戻した。それから、

「美咲、大丈夫なの？」

静かな声で問う。

「きみは、隠り世の美しく幻想的なところしか見ていない。ここにはそういう部分も確かにある。でも、実際は、希少な霊魂を取り合って、あるいは縄張りを主張し合って、血みどろの争いを繰り広げているやつらもたくさんいるんだよ。そういうところから、きみは無意識のうちに目をそらしているんじゃない？」

美咲は、返す言葉が見つからなかった。いきなり、鋭い意見をつきつけられた気がした。

「あいつに関しても同じことが言える。あの、本店の息子のことだよ」

美咲は弘人のことを言われ、一瞬どきりとした。その動揺を読んで、劫の目が深くなった。

「あいつは鵺《ぬえ》だ。きみが知っているのは、あいつのほんの一部にすぎない。殺したい相手がいたらいつでも、眉ひとつ動かさず、ただちに喰い殺してしまえるような残酷で凶暴な野郎なんだよ」

残酷で凶暴――。弘人の、鵺に変化《へんげ》したときのことを鮮明に覚えている。猛々《たけだけ》しく妖麗《ようれい》な姿

態、あれは確かに、狙《ねら》われたらこの身のすべて、骨の髄《ずい》から、血の最後の一滴まで捧《ささ》げざるをえない神獣の瞳《め》だった。

「でも実際にそういうことはしていないはずだわ。ちゃんと理性で抑《おさ》えてるのよ。人間だってそうでしょ。残酷な欲望を持っている人と、それを抑えられずに実行に移してしまう人とでは大きな違いがあるわ」

弘人だけではない。ハツにも死んだ父にも、人間よりもずっと強いそれが本能として宿っているはずだが、うまく制御《せいぎょ》して暮らしていた。どんなふうに抑えていたのかまではわからないけれど。

「あいつが殺生《せっしょう》をしていないという証拠はあるの？」

「それは……分からないけど」

返す言葉は、自分でも驚くほど小さかった。種族の性《さが》を思えば、鵺である弘人には妖狐《ようこ》よりももっと獰猛《どうもう》な面があるはず。

けれど一緒にいるときに、それを意識したことはない。美咲がそのことから目をそらしているからなのか、弘人が隠しているからなのか。あるいは、その両方なのか――。この前会ったとき、神効《しんこう》を降ろすときの気持ちを訊《たず》ねたのは、それを知りたかったからなのかもしれない。

こっちに近づいてくる足音で、美咲は我に返った。

「お待たせしました」

雁木小僧が戻ってきた。

「待ちくたびれたよ」

劫が穏《おだ》やかに迎えて、その話はそこで立ち消えになった。

2

それから小一時間ほどして、それまでずっと街道を道なりに進んでいた蜘蛛《くも》の子が、急に脇《わき》道《みち》へとそれた。比較的狭い横丁《よこちょう》に入って、しばらくしたころ。

とある店の大戸の前で、蜘蛛の子はうろうろしはじめた。

二階建てで、大きいが奇妙な造りの屋敷《やしき》だった。一階の窓が、幅一間《いっけん》、高さは四十センチあまりと平たく、美咲《みさき》の膝《ひざ》くらいの位置にある。

「どうしてあんな低いところに窓があるのかしら」

「半地下になってるんだよ。部屋の中から見れば、採光のための高窓ってところ」

と劫が見てきたようなことを言う。

「中はまったく見えないっすね」

雁木小僧《がんぎこぞう》が窓に近寄って確かめる。暗がりだからというのではなく、内側からなにかで覆《おお》って、中が見えないように細工してあるといった印象だった。

「一番端っこの窓からは煙が出てるわ」

ほの白い蒸気《じょうき》が、簾《すだれ》のかかった窓から薄《う》っすらと漂っている。この窓に限っては幅も若干《じゃっかん》狭く、明らかに煙出しの窓といった眺めである。

「風呂《ふろ》でもあるんすかねえ。……ここはたしか昔、陰間茶屋《かげまぢゃや》だったところを、貸間専用に改装オープンしたんです。んで、けっこういかがわしい業者が愛用してるって噂《うわさ》で」

雁木小僧が言った。

「あんた、よく知ってるわね。まさかそっちの趣味もありなの？」

「いや、おれは女の子限定です。さらに、水棲《すいせい》タイプだと嬉《うれ》しいっす」

「あ、わかった。一緒にお魚獲《と》りたいわけね。……ところで、ここが貸間ってことは、人肉売買の取引はどうなのかしら。ありうると思う？」

美咲がふと、ゆうべの宴会《えんかい》での話を思い出してつぶやく。

「人肉売買？　ああ、貸間は中でなにしてても外部に情報漏《も》れないっすからねえ。ひょっとして、蜘蛛の子入れられて裏町に入った人間はここでミンチにされてたりして」

と雁木小僧が物騒《ぶっそう》なことを言う。

「ちょ、ミンチとかやめて……」

美咲は眉《まゆ》をひそめる。

しかし、妖怪が人を裏町に拉致《らち》するところを目撃されれば犯罪行為になるが、人が勝手に迷い込んだふうを装《よそお》えば咎《とが》められずにすむ。この仕込まれた蜘蛛の子さえ見つからなければ。

いくつかの店に嫌疑がかかっていたが、もしかしたらここの貸間のどれかが生身の人間の体を、加工職人に引き渡す場所に使われているのかもしれない。

「蜘蛛の子と人肉売買が関係があるかどうかは分からないけど、このまま乗り込むのは危険よね」

向こう見ずだと弘人たちから言われたばかりである。建物の構造や敵方の状況をさらに下調べして出直したほうがよさそうだ。

「いったん引き返しますか?」

と雁木小僧。

「ええ。もう少し、店員《スタッフ》を増やして――」

美咲が頷《うなず》いて言いさしたとき。

「せっかくここまで来たんだから、相手がどんなやつかつきとめておこうよ。ここを間借りしてる客は一人じゃないんだからさ」

それまで黙っていた劫が、強引ともとれる軽はずみな調子で言って、どかりと右足で戸板を蹴《け》りつけた。

観音開《かんのんびら》きの大戸が開いて、右往左往《うおうさおう》していた蜘蛛の子が中に入ってしまった。

「ちょっと、劫!」

蜘蛛の子を追ってずかずかと庭に入っていってしまう劫のあとを、美咲もあわてて追う。

「あたしたちだけじゃ、危ないわ。人を増やして出直さないと……」

「その必要はないよ」

劫が乾いた声で遮《さえぎ》った。

「道案内、ご苦労さん。おまえがいなくても、ここには来れたけどね」

そう言って劫は、前をゆく蜘蛛の子を、先回りして屈《かが》んでつまみ上げた。

不審な言動に、美咲と雁木小僧が、はたと劫の顔を見る。

「劫……？」

劫は、その端整な顔ににたりと不穏《ふおん》な笑みを浮かべた。

どこか、おかしい。

と、同時に、背後からいきなり地を這《は》って近づいてきた何者かの手によって、美咲は羽交《はが》い締《じ》めにされてしまった。

「や……！」

ふり返ると、「土」と書かれた布を垂らして顔を覆っている気味の悪い黒装束《くろしょうぞく》の男が、体の自由を奪っている。

「さっきから妙な気配がしてたんです」

同じように背後からかかってきた黒装束をすんでのところでかわし、腰元に刀子《とうす》を刺し込んで反撃した雁木小僧が舌打ちをしながら言った。

黒装束は雁木小僧の前でくぐもった唸《うな》り声を上げ、自《みずか》らの腰をかばって崩れる。

雁木小僧は、続けざまに鎖分銅《くさりふんどう》を投げて、美咲を捕らえているほうの黒装束の足をからめとった。

不意をつかれた黒装束は、そのまま雁木小僧に足を引かれて均衡《きんこう》を失った。

襟首《えりくび》で組み合わされた腕が怯《ひる》んだ隙《すき》をみて、美咲は力をふりしぼってそれを払い除《の》け、すかさず敵の胸元に御封《ごふ》を貼《は》りつけて力を奪った。

「わお、見事な連携《れんけい》プレイ」

美咲が、刺された腰を庇《かば》っているもう一方の黒装束にも御封をあてて妖気を奪ってしまうと、そのさまをおとなしく見守っていた劫が、二人の息の合ったやりとりを小馬鹿にしたように言って笑った。

「劫……、どういうことなの？」

美咲は劫に向き直ると、驚きを隠せないまま言った。

「僕の仕事は、使い魔の回収と、きみを傷つけずにここまで連れてくること」

劫はいつもどおりの、気負いのない口調で答えた。

「なにを言ってるのよ」

突然のことに、頭がついていかない。

「ああ、それともうひとつ――」

劫の瞳が妖《あや》しい色を帯びる。

「この地下の貸間できみを抱くこと」

「抱くって……」

美咲は突拍子《とっぴょうし》もない言葉に、眉をはね上げた。さっきからなにを言っているのか、わけが分からない。

「なに寝言ぬかしてんですか、あんた」

雁木小僧も眉間《みけん》に皺《しわ》を寄せる。

抱くという言葉に性的な意味があるのは、劫の表情からなんとなく感じ取れた。けれど、なぜ。いったい、どこからそんな発想が出てきたのか。

劫はいまや、こっちの世界にどっぷりと浸《つ》かったような顔をして悠然《ゆうぜん》と構えている。その豹《ひょう》変《へん》ぶりに、美咲は言葉をなくした。

「騙《だま》してごめんね、美咲」

劫は冷酷なまでに無邪気《むじゃき》な顔で、にっこりと微笑《ほほえ》んだ。

美咲の中に、痛みに似た衝撃が走った。

騙していたのか、ずっと？

再会を喜んだり、あんなにもつらそうな顔をして、この世界には係《かか》わりたくないなどと言っていたのは、全部、嘘《うそ》だと……？

「どうしちまったんですかね、こいつ！」

雁木小僧が憤《いきどお》り半分、納得のゆかぬ様子で鎖分銅を投げつけると、劫は瞬《またた》く間《ま》に妖狐《ようこ》の姿に変化《へんげ》し、ひらりと跳《と》んでそれをかわした。

美咲はその姿にはっと目を奪われた。

真っ白い、すらりとしなやかで逞《たくま》しい雄《おす》の肢体《したい》。なんという身軽さ。

しかし着地する寸前に人型に戻り、雁木小僧の背後をとってそのまま肘《ひじ》で当て身をくらわせ、実に手際《てぎわ》よく彼の意識をうばってしまった。

「雁木小僧！」

美咲は叫んで駆け寄った。

頭の中には、たったいま目にした、妖狐の姿態が瞬いていた。なぜか、豹変した劫に抱く警戒とはまるで無関係に、その姿をもう一度見たいとすら思って心が震えた。

「立てよ、美咲」

劫が、黒装束の腰から引き抜いた雁木小僧の刀子を引き抜いて、それを美咲に突きつけていた。血のついた刃先が、月明かりと、入り口に焚《た》かれた篝火《かがりび》の炎を受けて不気味なてかりを放つ。

目の端でそれをとらえた美咲は、ごくりと唾《つば》を呑《の》んだ。

「無駄な抵抗はやめなよ。きみの体が傷つくと、ぼくは、土蜘蛛《つちぐも》様に殺されてしまうんだからさ」

「土蜘蛛様？」

土蜘蛛といえば、地中に棲《す》む、巨大な蜘蛛の妖怪である。

「そう。きみを、ここへ呼んだ人」

劫は刀子を首筋につきつけたまま、雁木小僧のそばにうずくまっている美咲の二の腕をとって、無理やり立ち上がらせた。

「きみは、〈帝《みかど》〉への、だいじな献上品《けんじょうひん》らしいよ」

「ミカド……？」

美咲はこれまたはじめて聞く名称に眉をひそめる。

劫はそれ以上は語ろうとはせず、美咲の両手首を取って微妙に力を込めてひねりながら後ろ手にまとめる。

美咲は身をこわばらせた。下手《へた》に動けば関節を挫《くじ》かれる状態であることが分かる。身動きが取れない。

「劫、あなた、強いのね」

美咲は肩ごしに、硬い声で言う。

「男の子だからね、いちおう」

劫は例によって屈託《くったく》のない笑みで返す。

違う。人体の仕組みを把握し、急所を攻める、体術の基礎が身についている。ハツが見込んで店員として採用しただけのことはある。

美咲はそこで、ふと妙だと思う。ハツらしくない。いくら身元がはっきりしていて、同族だからといって、こんな下心を秘めていた者をうっかり雇《やと》ってしまうなんて。

と、そのとき。

「いらっしゃい。お嬢さん。ようこそ『蜜虫楼《みつむしろう》』へ」

庭の右手の建物の中から、歌舞伎者《かぶきもの》のごとく奇抜な衣装に身を包んだ上背《うわぜい》のあるひょろりとした男が、新たな黒装束を従えて現れた。

「土蜘蛛様だ」

劫が背後から小声で告げた。

「これが土蜘蛛……」

美咲は、篝火に浮かび上がった土蜘蛛の異様な容姿をまじまじと見た。

黄金色《こがねいろ》の髪は頭頂部で一つに束ね、うっすらと白粉《おしろい》が塗られた細面《ほそおもて》には、白目の部分が赤く、猛禽類《もうきんるい》のような金色の目玉が輝く。紫色《むらさきいろ》の不吉な目張りが、その細くつりあがった一重《ひとえ》の目をいっそう強調している。美しさと不気味さが紙一重といった奇妙な印象の顔だちをしていた。

（この男、さっき『蜜虫楼』って言ったわ……）

耳に覚えのある屋号だと美咲は思った。そして頭をひねるまでもなく、ゆうべの宴会《えんかい》のときに話していた人肉売買の取引場所の候補に、あげられていたことを思い出した。正確な場所がつかめないと、地図の横に書き出されていた屋号だ。貸間だからわからなかったのか。

（やっぱりここは、事件に係《かか》わっているんだわ）

美咲はますます身をこわばらせた。

「ふたりを縛《しば》って。丁重《ていちょう》にね」

土蜘蛛はわきの黒装束に命じた。声音《こわね》は男のくせにいやに柔らかい。

美咲の手足は縛られ、完全に自由を奪われた。

土蜘蛛は扇子《せんす》で口元を隠しつつ、美咲に顔を近づけてきた。

近寄られて、左の着物の袖《そで》が不自然に揺れていることに美咲は気づいた。腕がないようだ。

土蜘蛛は、美咲の頭のてっぺんから足の爪先《つまさき》の隅々までさんざんじろじろと眺め回した挙句《あげく》に一言、

「醜《みにく》い。さっさときれいにして」

ぴしゃりと言って、身をひるがえす。

「悪かったわね、醜くて！」

年頃の娘に向かって、真っ向から醜いなどと言うなんて。なんて失礼な男だろう。

「なんなのよ、あんた。なにが目的なの！」

美咲はなにやらタチの悪い事件にでくわしたらしいことを痛感しながら食ってかかる。まさか、このままミンチにされてしまうのだろうか。

「おとなしくなさい。逆らったら、この河伯《かはく》の坊やが痛い目に遭《あ》うよ」

土蜘蛛は、ぐったりと気絶した雁木小僧の腕を引っぱり上げた。

河伯とは河童《かっぱ》の意。雁木小僧をときおり河童と同族視する者がいる。

「意外とかわいい顔。殺すには惜しい顔だねえ」

土蜘蛛は雁木小僧の間近に顔を寄せて、舐《な》めるようななまめかしい視線を送る。

雁木小僧は意識を取り戻さない。法を解いたり、覚醒《かくせい》には時間のかからない子なのに。劫の当て身技は確実に急所をとらえていたようだ。

(大丈夫かしら、雁木小僧……。土蜘蛛は男色家《だんしよくか》なんだわ)

美咲は顔をしかめた。

そういえば、ここはもと陰間茶屋だったと雁木小僧が言っていた。当時の手づるで間借りをしているのかもしれない。

土蜘蛛は、美咲のほうに向き直った。

「喜びなさい。アナタは、〈帝〉への献上物を産む尊《とうと》い役を与えられたのだよ」

「〈帝〉？　献上物って……」

「アナタは天狐《てんこ》の血をもつ。同族の男を種にもってくれれば高い確率で天狐の子を身ごもる。だからここであの彼と餓鬼《がき》を一丁《いっちょう》こしらえてもらって、生まれた子を〈帝〉に捧げるというわけだ」

土蜘蛛は欲望に歪《ゆが》んだ笑みを浮かべ、劫のほうをあごで示す。

美咲は唖然《あぜん》として劫のほうをふり返る。そのためにいるのが、劫だというのか。

「だってさ」

美咲と目を合わせた劫は、そう言って軽く眉を上げる。

「耳の早いアタシは『高天原《たかまがはら》』での事件のいきさつを聞きつけて、すぐにこの計画を思いついた。貴重な天狐の血脈《けつみやく》を、利用しない手はないってね」

土蜘蛛は目を細めて嗤《わら》った。前鬼《ぜんき》たちが天狐の血脈を利用しようと仕掛けてきた事件は、美咲の体に流れる血の存在を裏町中に知らしめる結果となってしまったようだ。

「〈帝〉って、だれなの？」

美咲は険《けわ》しい顔でふたたび土蜘蛛に問うた。

「ふふふ。アナタもよく知っている天狗《てんぐ》の魔王だよ」

「天狗の魔王？」

「崇徳上皇《すとくじようこう》のことさ」

後ろから、劫がどこか楽しげな声で告げる。

「崇徳……」

美咲でも知っている大妖怪だった。平安《へいあん》時代末期に実在した現《うつ》し世《よ》の人物で、深い恨《うら》みと悲しみのうちに天狗に化生《けしよう》した。一部の天狗を率いて数々の悪事を繰り返し、世を乱した罪でいまは高野山《こうやさん》にいるとハツから聞いたことがある。

「天狐は幼い頃から強い妖力《ようりき》を秘めている。きっと〈帝〉のお目に留《と》まるに違いない」

土蜘蛛は不敵な面持《おもも》ちで言う。

「そんなに力を手に入れて、崇徳上皇はなにをしようっていうのよ」

「高野山の開放」

美咲は耳を疑った。

「そんなこと、橘屋《たちばなや》が許すわけないでしょ」

秩序《ちつじよ》のない悪鬼どもが裏町中に溢《あふ》れかえることになる。

「問題ない。開放さえ叶《かな》えば、橘屋に代わって、〈帝〉がこの裏の御世《みよ》をお治めになることになるのだから」

「ふざけないで。そんなことが可能だと思うの?」

「〈帝〉と我ら、そしてアナタから産まれる天狐の子の力を以《もつ》てすれば、決して不可能なことではない。そもそも橘屋を支えているのは十二匹の獣《けもの》どもと、本店の技術集団、そして鵺《ぬえ》の神《しん》効《こう》。昔は何人もの鵺が雷神を呼んだものだが、いまそれができるのはたったの二匹。そのうち、上の兄は、現し世の生業《なりわい》にかまけてもはや雷神を呼べない体だというもっぱらの噂じゃないか」

「雷神が呼べないですって？」

美咲ははっと弘人《ひろと》の兄を思い出す。そんなことは初耳だった。〈御所《ごしょ》〉で見た彼は、穏《おだ》やかだが芯《しん》の強そうな立派な印象の人物だったが、それ以上のことは美咲にはわからない。

「もしそれが事実だったとしても、もう一匹いるわ」

美咲は言った。弘人は確実に神効を降ろせる。

「若い方の倅《せがれ》ね。しかし、一人で立て続けに何度も雷神を呼べば、生身である以上、その体には限界がくる。片方だけが相手なら、〈帝〉と我々が手を結んでかかればこちらにも勝機はある。そこに、成長して力をつけた天狐が加われば、橘屋本店の倅ふたりは消えて、覇者《はしゃ》が覆《くつがえ》るのももはや時間の問題」

「そんな」

美咲は蒼白《そうはく》になった。橘屋をよく思わない連中がいることは知っている。制裁を加える立場である以上、相手の恨みを買うことは仕方のないことだ。しかし、こうして組織立って具体的に謀反《むほん》の動きが進められていようとは。

弘人を殺して橘屋を乗っ取る、そんなことのために無理やり子供を産まされるなんて、冗談じゃない。

美咲は唇《くちびる》を嚙《か》みしめた。

御封や龍の髭《ひげ》は手を縛られて使えない。雁木小僧はまだ目を覚ましそうにない。

いまはおとなしくして、ここがどういうところか見極めてから、あらためて逃げ出す機会をうかがうしかない。

美咲と気を失った雁木小僧の身柄《みがら》は、黒装束に捕縛《ほばく》されたまま、それぞれ別々の部屋へ連れていかれることになった。

(とんでもないことになったわ……)

美咲はいまだ信じられない気持ちで劫のほうを見た。なにかの間違いだと思いたかった。

しかし目を合わせても劫は無表情で、そこに彼の心を読むことは叶わなかった。

3

土蜘蛛《つちぐも》に仕《つか》えている、鬼族と思《おぼ》しき下女たちの顔や身なりは、美咲《みさき》が気後《きおく》れするほどに美しかった。

顔のつくりそのものが、というのではなく、化粧や衣装によっておのおの美を施《ほどこ》しており、色使いやバランス、細部にわたって失敗がなく、洗練されているのだった。

「さあ、現《うつ》し世《よ》の垢《あか》をこそげ落とすわよ」

美咲は下女たちに引き渡されるなり、いきなり衣服を脱がされて石造りの風呂《ふろ》に投げ込まれた。

半地下のそこは、あたり一面、鍾乳石《しょうにゅうせき》のように細かな光を放つ石材で覆《おお》われていた。うっすらと湯気がたち込め、湿気に満ちている。

高い位置にある小窓が目に留《と》まって、ここが外側から見たときに湯気を吐き出していた部屋であることが分かった。

しかし、それに見とれている間もなく、美咲は襷《たすき》に裾《すそ》を捲《まく》り上げた下女たちの白粉《おしろい》の匂《にお》いにまみれながら体を洗いこすられ、まっさらな敷布の上にうち上げられて、香り高い芳香油《ほうこうゆ》をすり込まれた。

甘くやわらかな香りである。

「じっとしてないと、河伯《かはく》の坊やの首を刎《は》ねちまうよ」

逆らおうとすれば、そうして別室で監禁しているらしい雁木小僧《がんぎこぞう》の身柄《みがら》を楯《たて》にとって脅《おど》すのだった。

下女たちはみな、爪《つめ》が鋭かった。爪紅《つめべに》で鮮やかに彩《いろど》られているとはいえ、美咲が隠し持つ破魔《はま》の爪よりももっと長く禍々《まがまが》しいもので、それが素肌を引っかくのではないかとひやひやしたが、大事な献上品《けんじょうひん》に傷をこしらえてはならないと心得ているのか、ごく滑《なめ》らかな手つきで巧《たく》みに芳香油をすり込んでゆく。

「おまえ、白くて、玉のようにつややかな肌をしているわね」

　右側で肩先に芳香油を塗っていた下女が言った。

「そうかしら」

　美咲はつんとして返した。着飾って美しいのは外見ばかりで、中身はあけすけな感じの下女ばかりだったので、こっちも羞恥心《しゅうちしん》などはとっくに消え失せていた。不安を抑《おさ》えるための、ささくれた気持ちだけが美咲を支配していた。

「それに、いい匂いがする。かいだことのない匂いだわ。ヒトの血がまじっているからなの？」

　ふくらはぎのあたりを触っていた左側の下女が言う。

「知らないわ。あたしにはこの鼻のもげそうな香油以外何も匂わない」

「男はそそられるね」

「息苦しくなるくらい情熱的に抱かれるに違いないわ」

「それでなくても、同種の雄《おす》と雌《めす》は、体が惹《ひ》かれ合うようにできているんだから」

「とくに繁殖期《はんしょくき》はね」

　下女たちは含み笑いを漏《も》らしながら好き放題に下世話な会話を続ける。

「おまえみたいな女はたまにいるわ。きれいなのに、そのことを知らないままますごしている不幸な子」

「もったいないね。玉も磨かなければ光らないよ。男だってたぶらかせない。これからはせいぜい意識することね」

「べつに男なんてたぶらかせなくたっていいわ」

「まだ生娘《きむすめ》なんだろ。男を知らないからそんなこと言うのよ」

「安心おし、土蜘蛛《つちぐも》様の選んだ男は、若くて見目《みめ》の麗《うるわ》しい、いい男だったよ。あたしが代わりに抱かれたいくらいのね」

「あの純白の毛並みを見たかい？　積もりたての雪のようだったじゃない」

一瞬、変化《へんげ》した劫《めぐる》の妖狐《ようこ》の姿が脳裏によみがえって、美咲はどきりとした。あの、逞《たくま》しくすらりとした肢体《したい》に、なぜか、無条件に心が惹かれた。どうしてなんだろう。劫は、自分を騙《だま》してここへつれてきた。平然と嘘《うそ》をつけるひどい相手のはずなのに。

「じゃあ、代わりにあなたが行ったらいいわ」

美咲は、自分の中の紛《まぎ》らわしい気持ちを打ち消すために投げやりに言った。

「おまえは、その減らず口もなんとかしたほうがいいね」

右側の下女がきりりと髪を引っぱった。

「しかし、あの妖狐と同じように美しい体を、おまえも持っているのね」

下女はふたたび芳香油をすり込みながら言う。

「きっと、申し分のないきれいな妖狐が生まれるわ。土蜘蛛様はお喜びになるわよ。あの方はきれいなものには目がないの」

「逆に言うと、見目のよくないものは徹底的に嫌われる。恋人と喧嘩《けんか》してうっかり顔に痣《あざ》をこしらえた子は、その場で刺し殺されたわ」

「本当はご自分の実体が醜《みにく》いから」

「醜いものを見ると、ご自分の実体を思い出してしまうから」

「だからお嫌いなのよ」

「おお、恐ろしい。あたしたちも、美容管理を怠《おこた》れないわ」

下女たちは大げさに言い合って首をすくめてみせる。

それから美咲に、黒地に牡丹《ぼたん》の絵羽《えば》模様の着物を流れるような手際《てぎわ》で着せつけていった。

「あの男は男色家《だんしょくか》でしょ。そもそもはなにを生業《なりわい》としている者なの？　昔ここで働いていた陰間《かげま》？」

「知らないよ。あたしたちは雇《やと》われ人だもの。いつも何人かの美しい妖怪の男や女を着飾らせてよそに搬出《はんしゅつ》よ。やばいお方ってのは重々承知の上さ」

「金がいいからやめられないのよ。おまけに自分たちも美しくしたい放題」

ふたりの下女はそう言って、声をひそめて笑った。男や女を着飾らせて搬出とは、愛玩用《あいがんよう》に、ということだろうか。

「ここで人間を見かけたことは？」

美咲は訊《たず》ねる。

「人間？」

「そう。土蜘蛛は蜘蛛の子を使い魔にして、人間を呼び寄せたりしていない？」

「もの好きな一部の顧客のために、人間が商品として出されることはときどきあるわね」

右側の下女が遊女のような前結びのだらり帯に仕上げながら言った。

（やっぱり！）

「あんた、やめときな。これ以上喋《しゃべ》っちゃ、土蜘蛛様に舌を切られるわよ」

左側の下女が顔をしかめてたしなめた。

「いいじゃないか、どうせこの娘は、赤子を産んだら用済みなんだから」

そんな目に遭《あ》うつもりはさらさらないが、想像してひやりと冷たいものが背筋を走り抜けた。なんとしてでもここから逃れる手立てを探し出さねば、ろくな未来はない。

しかし、これではっきりした。土蜘蛛は人間を裏町に呼び寄せていた犯人で、ここで着飾らせて何者かに卸《おろ》して商売をしている。そして買い取った者が、別の場所でその身柄《みがら》を人肉として加工して売りさばいていると考えられる。

現《うつ》し世《よ》で、人が行方《ゆくえ》不明になったきり戻らない事件は案外多い。美咲は、彼らのたどる末路《まつろ》にこんな最悪なケースもあるのだと思い知って胸が痛んだ。一方で、そういうことが起きぬように未然に防ぐことこそが自分の役目なのだと、身が引き締まる思いだった。

（早く、ここから出なきゃ……）

紅をひかれれば化粧は終わった。決して濃くはないのに、美咲の目鼻立ちを引き立てる見事な手並みなのだった。

「見違えるようじゃないの、おまえ」

「これで土蜘蛛様も文句は言わないわ」

下女たちは自《みずか》らの業《わざ》に感嘆《かんたん》の声を上げて、最後に発光性のある美しい花を美咲の結い上げた髪に挿《さ》した。七色の淡い光を放つ、神秘的で可憐《かれん》な異界の花弁。けれどこれは──。

「毒の花……」

美咲がつぶやいたが、下女たちは気にもとめずに美咲を別室にひったてていった。


「待ちかねたよ」

土蜘蛛が興奮を抑えきれぬ様子で美咲を出迎えた。

奇妙な部屋だった。高窓は黒い布で覆《おお》われ、壁という壁がエメラルド、トルマリン、水晶等、目の眩《くら》むような美しい天然石で彩られている。そこかしこに配された燭台《しょくだい》の炎に照らされ、それらは控えめで繊細な光を放っている。

弘人《ひろと》がこのまえ、壁が宝石で埋めつくされている店があると言っていたが、ここもそういう造りらしい。

なによりも目を引くのは、正面に張られた巨大な蜘蛛の巣であった。紡《つむ》ぎたての糸は金箔《きんぱく》の塗られた壁を背景にしてたわみのない美しい十角形を描き、さながら絹糸《きぬいと》のようにつややかに輝いている。人がひとりかかっても、ゆうにあまりそうな大きさで、獲物《えもの》がかかるのをじっと待ち望んでいるかのようだ。

その蜘蛛の巣と向かい合うようにして、劫が妖狐の姿で鎮座《ちんざ》していた。つややかな純白の毛並みと凜《りん》とした後ろ姿に、なぜか懐《なつ》かしくあたたかいものを感じて胸が高鳴った。

「雁木小僧は無事なの？」

美咲は劫から視線を引き剝がし、土蜘蛛の顔を見やりながら鋭く訊《たず》ねた。

「さきほど目を覚ましたよ。別室にて好待遇で軟禁中だから安心して。さあ、来なさい」

この地下にはいくつかの部屋があった。風呂、化粧や着付けをした部屋、それにここまで来る間に見かけた三つの部屋——建物の大きさから察するに、おそらくこの半地下はすべてこの男が占有している。そしてどの部屋も、窓は黒い布で覆われている。

「今日はね、予行演習なのだよ。〈帝《みかど》〉に、赤子を宿したアナタごと捧《ささ》げるその日のための」

土蜘蛛はそう言って、ふたりの下女たちに扇子《せんす》で合図をし、美咲を蜘蛛の巣のほうへ連れていかせた。

「離してよ！」

美咲は下女たちの手をふり払おうと抗《あらが》ったが、意外にも彼女たちには腕力があり、脇《わき》を抱《かか》えられて持ち上げられた美咲の体は力ずくで蜘蛛の巣の中央に押しつけられた。

トランポリンに寝転がったような弾力が背中に広がり、ちょっとやそっとで糸が切れる気配はない。

「そう、そこだ」

土蜘蛛は言った。次の瞬間、土蜘蛛が手先から縒《よ》りだした糸――それは巣をかたち作っているものと同じ、白く輝く蜘蛛の糸そのものなのだった――を操って、美咲の胴と手首と足首をぐるぐると巻き、瞬《また》く間《ま》に彼女の体を巣に縫《ぬ》いとめた。

「いいねえ、いいよ」

土蜘蛛は、少し離れたところから全体を見回してから、感嘆の声を上げた。

「これでその腹が、天狐《てんこ》の子で膨《ふく》らみさえすれば完成だ」

美咲は不安と苛立《いらだ》ちに顔を歪《ゆが》めながら、手首の自由を求めてもがいた。動くと蜘蛛の糸が素肌に食い込んで、かえって痛みを招く。

「裏町に、蜘蛛の子を使って人間を呼び寄せていたのはあなたね。人肉売買にも係《かか》わっているんでしょう」

美咲が真っ向から見据《みす》えて問いただすと、土蜘蛛はぱらりと扇子を広げて口元を隠した。

「直接は係わっていない。アタシは昔、それで高野山《こうやさん》送りになって痛い目を見たのだからね。この腕は、そのとき橘屋《たちばなや》の連中にやられて失ったのさ」

土蜘蛛はそう言って、不自然に着物の揺れる左腕の部分を誇示《こじ》してみせた。前科のある者らしい。その目は橘屋に対する憎しみを映し出していた。

この男が崇徳上皇《すとくじょうこう》に共鳴することになった動機はそこにあると美咲は見た。

「それでいまは、別の名目で人を卸しているわけね。愛玩用として？　……でも、直接係わらなくても、人を裏町に引きずり込んでいる時点で十分に犯罪だわ」

「かまわないよ。アナタに種付けさせて用済みとなったこのコに罪を着せる予定なのだから」

土蜘蛛は悪びれもせずに、となりに座っている劫のほうをあごで示す。

劫はそのことについて何の反応も表さないまま、ただ漠然《ばくぜん》とこっちを見ている。罪を着せられることに、まるで納得しているふうだ。

劫は、いったいどういういきさつでこの土蜘蛛の配下に収まることになったのだろう。

土蜘蛛は言った。

「いま、アナタにはふたつの道しか用意されていない。いまここで殺されるか、おとなしく天狐の子を産み落とすか」

「殺すですって？」

美咲は目を剝《む》いた。

「当たり前でしょう。この半地下の秘密を知った以上、酉《とり》ノ分店《ぶんてん》に帰すわけにはいかないよ」

どのみち子を産み落としたらすみやかに始末されてしまうのだ。

美咲は歯ぎしりした。こんな男の我欲《がよく》に振り回されて人生を終えるなんてあまりにもバカバカしい。

「ろくに使いこなせないと聞いてはいるが、破魔の力を使おうなんて思わないことだよ。そのきれいな指を切り落とされたくなければね」

土蜘蛛は思い出したように美咲を睨《ね》めつけ、それまでと異なる男らしい低い声で脅した。

さらに、扇子でふたたび口元を隠すと、恨みがましく続けた。

「ふん。そんな力がなければ、アナタにも蜘蛛の子を使ってもっと首尾よく種付けができるのに」

（アナタにも……？）

「それと、出来た子は、必ず生まれるよ。妖怪の子は、人の子と違って生命力が強いから、堕《だ》胎《たい》は基本的にかなわない。まさか母親となるアナタが、自《みず》らその胎《はら》の中の命を絶とうなどとはしまいがね」

計画の成功を妄想《もうそう》したらしい土蜘蛛は、一転して上機嫌《じょうきげん》になってピシリと扇子を閉じた。

「アタシはいまから商談があるので失礼するよ。夜明けには戻るから、それまでその姿で、この美しい妖狐の顔でも見ながらゆっくり考えなさい。ああ、そうそう、明け方の食事はこのコにでも食べさせてもらえばいい。どのみちアナタたちは、受胎《じゅたい》が叶《かな》うまでここで一緒に暮らさねばならないのだから、思うぞんぶん睦《むつ》み合いなさい」

ふふふ、と不敵な含み笑いを漏《も》らしながら、土蜘蛛は下女を従えて部屋を出ていった。

4

部屋には、劫《めぐる》と美咲《みさき》のふたりだけが残った。

美咲は、ほとんど惹《ひ》かれるように、劫の真っ白な肢体《したい》を見つめていた。

いくつかのイメージが頭に浮かんだ。優しさ、家族、愛情……種族が同じというだけで、こんなにもあたたかくせつない気持ちになるのか。

「劫……」

美咲は名を呼んだ。声はかすれていた。

「劫は……、ほんとうは、土蜘蛛《つちぐも》に操られているんじゃないの？」

それはさきほどひらめいたことだった。土蜘蛛は、アナタにも使い魔を仕込みたかったと美咲に言った。ということは、劫にはすでに蜘蛛の子が入れられているのではないか。

罪を着せられることが分かっているのに、おとなしく土蜘蛛のそばに仕《つか》えているなんておかしい。それでなくとも劫の豹変《ひょうへん》ぶりにはどうしても違和感を覚えるし、悪事に手を染めるような者を、ハツが店員としてうっかり採用してしまうとは思えないのだ。

「あなたは蜘蛛の子を、入れられているのよね？」

美咲はもう一度、問いかけてみた。口にしてみると、ますますそうでしかありえないような感じがした。

形の良い目は、じっと美咲に向けられている。なにかを訴えているようにも見えるし、なんの色もない感じもする。

ややあってから、劫は尾を揺らして立ち上がり、音もなくすらりと人の姿に変わった。錫色《すずいろ》の小袖《こそで》を着ている。落ち着いたその色は、劫のどこか繊細で優美な顔立ちを引き立てている。

「もしそうだったとしたら、どうする？」

ゆっくりと美咲との間にあった距離をつめながら、劫は問い返してくる。

「ぼくのなかに蜘蛛の子がいたら、美咲は、破魔《はま》の力でぼくのことを助けてくれるの？」

蜘蛛の子を出すには、耳の付け根に破魔の力を注ぐ、つまり、美咲の場合なら爪《つめ》を立てればいいのだとハツが言っていた。

「もちろん、助けたいけど……」

もし劫が操られているのだとしたら、おそらく彼はそうされることを全力で拒《こば》むだろう。

「かわいそうだから、とりあえず巣から下ろしてあげるよ」

劫は言った。

声は優しいが、どこか不遜《ふそん》な気配が漂う。気を許すわけにはいかないようだ。

劫は燭台《しょくだい》の蠟燭《ろうそく》を一本手にして、炎を美咲の足元と胴のあたりの蜘蛛の糸に近づけて焦《こ》がした。

　じり、とかすかな音と蠟の匂《にお》いがして周りの糸が切れ、美咲の体は手首のみの固定で巣から吊《つ》り下がった状態になった。体の重みが一気に手首にかかり、美咲は顔をしかめた。

　劫は美咲の背に腕を回して上体を支えながら、右手首、次いで左手首のまわりの糸を焼いていった。

　劫と自分の体は密着していたが、美咲は自由になるためなのだと割り切って冷静に待った。

　ほどなくして両手首が自由になり、美咲の体は劫にしっかりと抱き止められた。

（よかった……）

　美咲は蜘蛛の巣から解放されたことに安堵《あんど》を覚え、劫が敵方であることを忘れてひとまずぐったりと身をあずけた。短い時間だったにもかかわらず、ひどく消耗《しょうもう》しているのだった。

「ありがとう」

　劫の体温がじっと伝わってきた。いつまでもこんな状態でいるわけにもいかない。美咲は疲《ひ》弊《へい》した声ではあるが礼を言い、劫から離れようとした。

　ところが、劫はそれをさせなかった。

　気のせいかと思い、もう一度離れようと彼の胸に手をついて抵抗するが、いっそう強い力で抱きすくめられる。

美咲ははたと劫を仰《あお》いだ。

「もう自分で立てるわ」

「ぼくが、きみを離したくない」

劫は泰然《たいぜん》とした笑みを浮かべたまま言った。

美咲の中に、得体《えたい》の知れない危機感がにわかに募《つの》った。

劫の手は美咲の髪を結い上げているピンを外した。虹色《にじいろ》の花びらがはらりと崩れ落ち、髪が音もなく肩に広がる。

それから、抗《あらが》いはじめた美咲の体を思いのほかたやすく畳《たたみ》の上に組み敷いた。

「なにするの！」

美咲は声を荒らげた。

「子供を」

「子供？」

両肩を押さえ込まれ、体にのしかかられるような錯覚《さっかく》に支配されながら、美咲は怖々と彼を見上げる。

「そう。ぼくの実体を見てわかっただろ。ぼくたちには同じ種族の血が流れていて、互いを呼び合う。自分たちの子孫が絶えないように、そういうふうにできているんだよ。きみは、ぼくの子を産むべきだ、美咲」

「やめて。土蜘蛛の暗示に、惑《まど》わされているだけよ」

美咲は劫から逃れようと身をよじった。

しかし、劫は抵抗を続ける美咲の両手首を、強い力で畳に縫《ぬ》いとめた。

「もし蜘蛛の子を入れられたとしても、ぼくは操られない。体質的に、ぼくは暗示にかかりにくいタイプなんだ。だから、どのみち惑わされることなんて、ないんだよ」

言われて、軽い失望が美咲をおそった。

そういえばはじめて会ったとき、劫は教師に暗示をかけていた。暗示や金縛《かなしば》りの法を操る能力は、種族に係《かか》わりなく個々の体質として備わるもので、逆にそれらをかけられることにも強い。

「でも、じゃあどうして土蜘蛛の罪をおとなしく被《かぶ》ろうとしているの？　人肉売買になんて係わったら、高野山《こうやさん》送りは間違いないのよ。いつから、あんな男と係わっているの？」

劫はなにも答えない。瞳《ひとみ》の奥をかすかに揺らしただけで、口を引き結んでいる。

美咲には、その沈黙が自我《じが》によるものなのか、そうでないのか、まったく区別がつかなかった。

「おとなしくしないと雁木小僧《がんぎこぞう》の首が飛ぶよ」

劫はそう言って、抵抗をあきらめない美咲を静かに脅《おど》した。

美咲はかぶりを振った。

こんな妙なことを言う劫が、劫であるわけがない。すべて、土蜘蛛から言うように仕向けられているのだ。そのことが悲しかったし、悔《くや》しかった。

「目を覚まして、劫」

「残念ながら、目なら覚めているよ。土蜘蛛が煽《あお》ってくれたおかげで、自分でも気づけていないような、心の根底にあるどろどろとした感情を引き出されているという感じなんだ。この言葉は、まぎれもなく僕の言葉だ」

「なに言ってるの。あたしたちは利用されてるのよ。あたしは崇徳上皇《すとくじょうこう》に差し出される。あなたは人肉売買の罪を着せられて高野山送り。このままじゃ、ふたりとも地獄に落ちるわ」

「違うだろ、美咲。忘れたの？　ここははじめから地獄だよ。魑魅魍魎《ちみもうりょう》の蠢《うごめ》く、鬼畜《きちく》の世界だ。……そうだろう？」

劫の声は残酷なまでに穏《おだ》やかで、どこか倒錯《とうさく》した感じがした。

彼にこんなことを言わせているのは、土蜘蛛に違いない。心の闇《やみ》が、悪気《あっき》に侵《おか》されて悪いほうに増幅している。

劫はその端麗《たんれい》な顔を寄せ、目を伏せて、美咲に口づけを迫った。

美咲はたちまち身をこわばらせ、抑《おさ》えきれぬ不安をやりすごすために劫から顔をそむけた。いまの嫌悪感《けんおかん》というよりは、拒まねばならないという義務感みたいなものがあるのだった。

自分たちに、こんなことをせねばならない理由はない。劫は操られている。彼の本当の心は、ここにはない。

美咲のそぶりに気づいて、劫が顔を離す。

「そんなにつらいなら、あの男に化《ば》けてあげようか？」

だしぬけに弘人《ひろと》の存在をほのめかされ、ぎくりとした。

「きみは、あいつの、どこにそんなに惚《ほ》れたの？　婿《むこ》入りの話を聞いたから？」

美咲の肩にかかった髪を、ゆっくりと愛《め》でるような手つきで払いのけながら劫が問う。

「ヒロのことは……、なんとも思ってないわ」

美咲は目を合わせぬまま、ぎこちなく返す。

「いつまでそうやって、自分の気持ちに嘘《うそ》をつくつもり」

「嘘なんて、ついてない。どのみち、あの人は、今野家《うち》には入らない。〈御所《ごしょ》〉で、彼の母親に言われたわ。半妖怪である身の上をわきまえて、彼とは距離を置いて接するようにと。言うことを聞けないのなら、酉《とり》ノ分店《ぶんてん》はなくすと。恐ろしい顔で警告されたのよ」

美咲は険《けわ》しい声で言い募《つの》った。

「そう。だから〈御所〉から戻ったとき、きみはあんな悲しそうな顔をしていたのか」

劫に喋《しゃべ》ったことで、忘れかけていたことが一気によみがえった。

この半地下の、空気のよどんだ貸間にいるいまとなっては、もはやすべてが別世界のことのようにも思えて不思議だった。

「ぼくはね、きみの姉さんが結婚して家を出たという話を聞いたときから、きみのことが急に気になりだしたんだ。それまで人の子として平凡に暮らしてきたのに、いきなり跡取り娘になって、窮屈《きゅうくつ》な思いをしてるんじゃないかってさ。だから、傷ついたきみをいつか迎えに行って、受け止めてやるのが自分の役目だとずっと思ってた。ぼくは、この世界なんて、ちっとも好きじゃないから。きみを救い出してあげられるのは、たぶん、ぼくだけだって」

劫の微笑《ほほえ》みは、少しも揺るがなかった。

ここは静かだ。聞こえるのは劫の声だけで、外からはなにも響いてこない。まるでふたりして湖の底に沈んでいるかのようだ。もの言わぬあまたの天然石が、蠟燭《ろうそく》の明かりを受けてただむなしく繊細な光を放つばかりである。

「再会したきみは、たしかに傷ついていた。誰かに恋をしているせいなんだとすぐに分かった。この体に流れる複雑な血のせいで叶《かな》わない、つらい恋に違いないと。――でも、驚いたよ。惚れた相手が妖怪とはね」

劫はそのことを恨《うら》み、あざ笑うかのように言う。美咲が恋をしている相手は人間の男のはずだったとでも言いたげだ。

「妖怪退治なんてうんざりなんだろ。破魔の力なんて、なかったらよかったのにって、思っているよね」

「思ってないわ」

美咲は、否定しながらも、どこかで劫の言うことに引きずられている自分を感じた。

「やめて！　あたし、もうお店を継ぐって決めたのよ。たくさん迷って決心つけたのに、なのに、どうしてそんなこと言うの」

訴える声が、悲痛な響きを帯びる。

「きみが、つらそうな顔してるからだ。ぼくは、きみの心を映しているんだよ」

美咲は絶句して、劫の瞳に映る自分を見た。

（あたしの、心……？）

劫の美しい鳶色《とびいろ》の瞳孔《どうこう》の中に閉じ込められているのは、光鏡《ひかりかがみ》の中に見たのと同じ、笑っていない自分だ。

美咲はきつく目を瞑《つぶ》った。

だめだ。自分はさっきから、なにを惑っているのだろう。

「きみはいい匂いがするね、美咲」

劫は耳元で静かにささやく。その声音《こわね》はあくまでも優しい。間違って、うっかり気を許しそうになるくらいに。

「人間の女の子は、ダメなんだ。裸にすると、みんな同じ。急に食べ物みたいに見えてきて、自分が妖怪なんだって、思い知らされる」

劫の右手が、美咲の帯に伸ばされる。

瞳には、挑《いど》むような色が浮かんでいる。幼いころや、再会した当初の、健《すこ》やかで快活な印象はいまやほとんどない。それでも、どうしてか嫌いにはなれない。あるいは、それは嫌いになりたくないという願望なのかもしれない。

「美咲、きみはどうして橘屋《たちばなや》に仕える道を選ぶの？　――あいつのためか？」

劫は帯の結び目に手をかけながら、問う。美咲の意に反してそれはするりとほどける。

弘人のため？　そうではない。確かに彼はきっかけにはなったのかもしれない。けれど、彼のために決意したのではない。自分のために選んだ道だ。自分自身に流れる血に逆らわないで果たすことができる目的のために。

「ちがうわ。あなたを助けたいからよ、劫。あなたみたいに、悪気《あっき》にとらわれて苦しんでいる人を、救いたいからよ」

美咲はまっすぐ劫の目を見て答える。

弘人がいてもいなくても、店を守りたいという気持ちに変わりはないと感じる。店のことと彼とのことは、高子《たかこ》の心ない言葉のおかげでもはや別のものになりつつある。

「そういうのを、きれいごとと言うんだよ。きみはもうとっくに、自分の身の上に絶望している。こんな仕事は投げ出して、現《うつ》し世《よ》だけで人間として暮らしたいと望んでるよ」

「いいえ。それは、あなたが勝手に、あたしに望んでいることよ、劫」

美咲は確信を込めて、きっぱりと言った。

「あなたは、この世界を拒む自分に引け目を感じている。だから、あたしをその仲間にして、安心したいだけなんだわ」

そうだ。裏町になじめずに惑う美咲を救うことで、自分も救われたいのだ。裏町に背を向けるための、大義名分を手に入れられるから。だからこれまでずっと、こっちの不安を煽るようなことばかり口にしてきた。

劫はそれにはなにも返さず、冷笑を浮かべたまま、美咲の髪やうなじに優しく触れる。まるで愛しているみたいに。そして、もうなにも喋るなとばかりに美咲の唇《くちびる》を塞《ふさ》いだ。

息を奪われるような感覚。

脳裏に瞬くのは、かつて自分を助けるために、弘人が自分にしてきた行為だ。

強く押し当てられる唇は柔らかく、熱を帯びている。

ああ、そう。口づけは、確かにこんな感覚だった。

美咲は操り人形の劫を心から拒んで、きつく目を閉ざした。

どうして。劫の無慈悲《むじひ》な行為に翻弄《ほんろう》されながら、美咲は心の中で嘆《なげ》いた。こんなふうに、心の通い合わない口づけばかり繰り返さねばならないなんて、ついてない。これが自分に流れる血のせいで巡る運命なのだとしたら、あたしは自分の生まれを呪《のろ》う。

劫の中にある残酷な欲望に美咲の心は挫《くじ》かれ、少しずつ蹂躙《じゅうりん》されてゆく。

「大丈夫？」

劫はいったん唇を離すと、冷ややかに微笑み、上下する美咲の胸を鎮《しず》めるかのように懐《ふところ》に手を忍ばせてきた。

口づけの間じゅうずっと息を止めていたせいで、美咲の呼吸はひどく乱れていた。吐く息が、震える。自分の鼓動《こどう》が、素肌を通して劫の手に伝わるのが分かる。

「やめて……」

美咲は劫の手を着物の上から押さえ、か細い声で訴えた。

劫に触れられている体が、自分のものとは思えなかった。狩人《かりゅうど》の手にかかった獲物《えもの》だった。美しく着付けられていたはずの単衣《ひとえ》と緋縮緬《ひぢりめん》の合わせ目がしどけなく乱れ、柄《がら》が縒《よじ》れて、まるで踏み潰《つぶ》された花のようだ。

怖い。望まない子を身ごもるのが怖い。その子を産むのも。そのあと用済みになって、無残に裏町の闇《やみ》にうち捨てられる自分の姿も。考えると、気が遠くなる――。

劫の指先から、胸に冷え冷えとしたものが広がる。

こんなのは耐えられない。自分のためにも、劫のためにも。

美咲は本能的に手を伸ばし、劫の首筋に爪を立てた。

すると爪先が熱を帯び、一瞬のうちに破魔の力が満ちて、黄金色《こがねいろ》の焔《ほむら》が滲《にじ》む。

美咲ははっと目を瞠《みは》る。

やっぱり、この人は、操られているのだ。こんなにもすんなりと、破魔の力が引き出せるのだもの。

美咲は確信をもって、指先を劫の耳の付け根までもっていった。

たとえ土蜘蛛に指先を切り落とされようとも、いまここで、劫の目だけは覚まさせたい。

劫は抵抗はしないが、妖《あや》しげに笑った。

「ぼくを、疑うの？　言っただろ、ぼくは正気だよ。はじめから操られてなんかいない。ぼくの中に、使い魔なんていないんだよ。美咲」

違う、蜘蛛は確実にいる。劫は操られている。

美咲は爪先《つめさき》に力を加えた。

ぷつり、と爪先が皮膚《ひふ》に食い込む感覚があって、そこに瞬く間に血がもり上がった。

美咲の胸元にあった劫の手が、爪を立てている美咲の手の上に重ねられた。とりたてて力を込めるわけでもなく、ただそこに彼女の手があるのを確かめるかのように。

「かわいそうに、こんなものをもって生まれたばっかりに、いらぬ運命を背負わされた」

劫は皮肉めいた顔で、静かに優しくつぶやいた。

「これはあたしの運命を縛《しば》るものかもしれないけど、守るものでもあるのよ」

美咲は劫の目を見据《みす》え、毅然《きぜん》と返した。

重ねられた手から伝わる温《ぬく》もりが切なかった。

劫の耳元から流れる血は、美咲の手首から腕を伝って、ぽたり、と袂《たもと》に小さな染みをつくる。

「それで、きみは、その爪でぼくを裂くのか。いてもいなくても変わらない、使い魔を弾《はじ》き出すために？」

劫の言葉は、美咲のかすかな動揺を煽る。

ぽたり、ぽたり、と肘《ひじ》から血がしたたる。まるで涙のようだと美咲は思う。

劫はこの貸間でふたりきりになってからずっと、言動が支離滅裂《しりめつれつ》だ。おそらく土蜘蛛の下した命令と自分の意思が混在して、自我が崩壊している。

そして一方で、この奇妙な土蜘蛛の支配の渦《うず》から解放されることも、強く望んでいる。

だから決して美咲の手を振り払おうとしないのだ。彼の力なら、それができるはずなのに。

「きみの爪によって無駄な血が流れることに、きみは耐えられるの？」

劫は、うわ言のように似たような問いかけを繰り返す。

「耐えられるわ。あなたを助けてあげたいって、心から思っているから」

美咲は祈るような気持ちで、そのまま劫の耳の後ろを爪先で切りつけた。

「目を覚まして、劫！」

再びじわりと破魔の力が満ちて、黄金色の焔がたった。

ぬるりと血が流れ出て、劫のうなじを伝う。

劫が呻《うめ》いて、傷口を押さえた。劫の体の重みが、一気に美咲のほうにずしりとかかった。

美咲は、耳の中から這《は》い出てきた青く発光する蜘蛛の子を見逃さなかった。

劫の下敷きになったまま、蜘蛛の子のつまみ上げ、畳《たたみ》の上に落としてから、すかさず破魔の力を宿した爪先で、ぐしゃりと刺し潰した。

黄金色の焔とともに、蜘蛛の子の死骸《しがい》はあとかたも消えてなくなった。

第四章　黎明《れいめい》の光

1

「痛《いて》て……」

劫《めぐる》は、血の流れる傷跡を押さえて顔をしかめた。

耳の後ろに、五センチ足らずの切り傷をつくっていた。

それから、夢から醒《さ》めたかのように、状況がつかめないままあたりを見回す。

「うわ」

自分の体重がなかば美咲《みさき》にかかっていることに気づいて、飛びのくように離れた。

「劫……？」

美咲は名を呼びながら、ゆっくりと半身を起こした。

「大丈夫？」

「ぼくは、なにを……」

傷口を押さえたまま、劫は自分でもおぼつかない様子でつぶやく。

「土蜘蛛《つちぐも》に、蜘蛛の子を入れられていたみたい」

美咲もまた、たったいま起きている状況に自信がもてず、かすれた声で告げた。

しばしの沈黙があって、彼の頭の中でいろいろな記憶が整理されたらしかった。

「ごめん」

劫がだしぬけに言って、男らしく潔《いさぎよ》く頭を下げた。

印象ががらりと一変している。毒気《どくけ》を抜かれ、すっかりと明るい表情になった、いつもの劫である。

ほっとして、ひとまず体の力が抜けた。しかし、劫に対する警戒心がなくなるのには時間がかかった。着付けを直す気力はなかったが、無意識のうちに胸元をきつくかき合わせていた。

「劫、もう頭を上げて」

美咲はしばしの沈黙ののち、静かに言った。

無事に元に戻ったのだから、なにも責める気はない。

警戒と緊張が徐々にとけて、代わって涙が出そうになるくらいの安堵《あんど》が胸にゆっくりと広がってゆく。

それから面《おもて》を上げた劫のそばに寄ると、美咲は自分が傷つけた耳元を袂《たもと》でそっと押さえた。

血はまだ止まらない。しだいに鮮血が袂の牡丹《ぼたん》柄の上に滲《にじ》んでゆき、新しい染め模様のように見えた。

「美咲……」

　劫は、なぜか美咲からぎこちなく目をそらす。

「胸を、しまえよ」

「あ」

　美咲は顔を赤らめながら、あわててふたたび胸元を掻き合わせて立ち上がり、申し訳なさそうにしている劫に背を向けて着崩れを直した。

　手や膝《ひざ》が、まだ震えていた。気を張っていたから気づかなかっただけで、心と体が受けた衝撃は思いのほか強かった。

「ほんとに、ごめんな」

　美咲が身なりを整え、ゆいいつ自分で出来る文庫結びをなんとか仕上げて劫に向き直ると、劫は真面目《まじめ》な顔をしてもう一度あやまった。

「いつから……？」

　美咲は訊《たず》ねた。

「劫はいつ、土蜘蛛に蜘蛛の子を入れられたの？」

「うちに、本店の息子が来た日の夜だ」

　劫は記憶をたどりながら、訥々《とつとつ》と語りはじめた。

「あの日、きみが彼と裏町に入ったあと、バイトを終えて家に帰ろうとしていたぼくのところに土蜘蛛が現れたんだ。それで、崇徳上皇《すとくじょうこう》の話をして、橘屋《たちばなや》なんてやめて、鞍替《くらが》えしないかとぼくをけしかけてきた。ぼくはどのみちこっちの世界に係《かか》わる気なんてなかったから、すぐに断った。でも、無理やり蜘蛛の子を入れられて、気づいたら土蜘蛛の言いつけに支配されるようになって――。やつは、はじめからそうするつもりでぼくに近づいたみたいだった」

やはり、ハツが劫を店員として採用した時点では、劫にはなんの問題もなかったのだ。たまたま美咲と同種の健康な男子であったために、献上品《けんじょうひん》の種付け役として白羽《しらは》の矢が立った。

「暗示にはかかりにくい体質のつもりだったんだけど、駄目だったみたいだ。土蜘蛛の意思に逆らおうとすると頭が酩酊《めいてい》した感じになって、昨日からずっとおかしかった。でも、まったく自分の意思が失くなるというわけでもない。さっきまで言っていたことは、なんていうか……、きみの言うとおり、半分はぼくがどこかで望んでいたことのような気がする。こっちの世界を嫌っている自分に、罪の意識みたいなものがあったのは事実で、きみをその仲間にして安心したい気持ちもたぶんあった。だから――」

劫は心の弱さを恥じ入るように目を伏せ、心底申し訳ないという顔をしてうなだれた。

「とにかく、ごめん。つらい思いをさせて、悪かった」

美咲はかぶりを振って、少し微笑《ほほえ》んでみせた。

「劫も戦っていたんだと思う。だから完全には操られなかったのよ。その気になれば、あたしのことなんてどうにでもできたはずだもの」

美咲の動揺を煽《あお》った数々の悪い言葉。けれどあの裏に、助けてくれという彼の真の声を、ずっと聞いていたような気がした。ほんとうに、力でねじ伏せることもできたはずなのに。

「裏町を嫌うのはべつに悪いことじゃないと思う」

美咲は言った。

「あたしもね、裏町や妖怪のこと、どこまで理解できているかわからないの。こっちに一生住めって言われたら、きっと文化がちがいすぎて住みづらいと思うし。でもね、そういう苦手意識みたいなのって、ずっと自分が半妖怪のせいだからって思ってたけど、劫にも同じような気持ちがあることがわかってちょっと嬉《うれ》しかったの。血のせいじゃなくて、現《うつ》し世《よ》で育ったせいでどうしても抱いてしまうものなんだって分かったから」

美咲は劫をまっすぐ見つめ返しながら訊ねた。

「劫は自分のこと、好きじゃないの？」

「……正直、普通の人間でもよかったなあとは思ってるよ」

劫は目をそらし、ややつまらなそうに言う。

「あたしは妖狐《ようこ》の自分が好きよ。それに劫も好き。大きくて、逞《たくま》しくて、とてもきれいな姿をしている。あたしたちは現し世に住む妖怪なんだから、自分なりの距離感でこの世界と繋《つな》がっていればいいんだと思う。無理になじむ必要はないし、そういう自分に引け目を感じる必要もないわ。……だから変なこだわりは捨てて、劫もまず妖狐の自分を好きになってみて」

劫は少し考えるふうに黙り込んでいたが、それからなにか彼なりの答えらしきものを見つけたらしく、ふっ切れたように言った。

「わかった。まあ、妖怪であることは悪いことばかりじゃないからね。遅刻をなかったことにしたり、人に化《ば》けて楽しめるし……」

「あんまりやりすぎるとあたしに捕まるわよ」

美咲が笑いながらたしなめると、劫も微笑んだ。それから彼は立ち上がり、

「ここから出なきゃいけないな」

部屋を眺め回しながら比較的明るい声で言った。

「ええ。土蜘蛛が戻ってくる前に」

美咲は気を引きしめつつ言った。いまが何時なのか、さっぱり分からない。家を出たのが八時すぎごろで、それから貸間へ来てからひと悶着《もんちゃく》あって、少なくとも二、三時間は経《た》っている。とすると、いまは夜中の十一時くらいだろうか。

劫が試しに引き戸を開けようとしてみたが、案《あん》の定《じょう》、鍵《かぎ》がかけられている。

「明け方、食事を出すって土蜘蛛が言ってたわね」

夜を生きる妖怪にしてみたら、それが現し世でいう夕餉《ゆうげ》になるのだろうか。

「そのときがチャンスかな。たぶん運んでくるのは下女たちだろ。でも、外にも何人かの手下

がいるから、下女だけ始末してこっそり逃げ出すというわけにもいかないね」

「雁木小僧《がんぎこぞう》も助けなくちゃいけないわ」

彼は無事なのだろうか。どこにいるのか見当もつかない。

いまは御封《ごふ》も龍の髭《ひげ》もない、美咲も劫も丸腰である。

ふたりはしばし黙り込んで、考えをめぐらせた。

「土蜘蛛はやっぱり強いのかしら」

「そりゃ、それなりに力のあるやつだと思うよ。妖気は抑《おさ》えていたようだったけど、変化《へんげ》したらかなり強そうだ」

「光が苦手の妖怪なのよね。手下たちも、夜なのにみな顔を覆《おお》っていたわ」

「月明かりでもまぶしいらしいよ。どいつも自然の光を病的に嫌っている感じだった」

美咲は光鏡《ひかりかがみ》がいまここにあればいいのに、と思った。夜でも太陽の光を彼らに浴びせれば、簡単に退治することができそうだ。

「そうだ。ぼくがきみに化けるから、きみは妖狐の姿になってぼくのふりをしてここから逃げろよ」

劫はふと思いついたように言った。

「あたしだけ？」

「きみくらい助かれよ。それに、このまま三人ともここで捕まっているよりは、なんとなく希望がもてるだろ。助けを呼ぶなりなんなり……」

劫はそう言って前向きに微笑む。

「彼らが本当に必要なのはきみの体だ。きみさえここにいれば、ぼくがいなくなっても大事にはならないよ。ぼくには、いまも使い魔が仕込まれていることになっているわけだし」

「だったらあたし、光鏡を買って戻ってくるわ」

美咲は言った。

「戻る？」

「ええ。どのみち土蜘蛛は、あたしが始末しなきゃならないもの」

西《とり》ノ区界《くかい》で起きている事件だから、悪鬼をお縄にするのは美咲の仕事である。光鏡と御封さえあれば、なんとか切り抜けられそうな気がする。

「そっか」

劫は店主見習いとしての美咲をなんとなくまぶしそうに見ながら頷《うなず》いた。

御封は取り上げられ、おそらく処分されてしまったから、もし家に取りに戻っている時間がなければ光鏡の店で紙と筆でも借りて支度することになるだろう。

「下女はいつ現れるかしら……」

美咲も立ち上がって、戸口のほうに向かう。

人質がいる状態では身動きが取りにくいので、土蜘蛛が戻る前に光鏡を手に入れてここに戻り、雁木小僧を助け出しておきたい。

「ぼくらはあらかじめ入れ替わっておかないといけないな」

劫に言われ、しかし美咲ははっと息を呑《の》んだ。

「でもあたし、いまここで、いきなり変化することはできない」

「え？」

「あたし、思い切り走らないと、妖狐になれないのよ」

自分の意思では制御がきかないのである。

「じゃあ、この部屋を思い切り走れば？」

あっさりと劫は言う。が、

「うーん。それじゃ、なんとなく無理」

美咲はしょんぼりとして言う。なんの障害のない場所で風を切って、思い切り全力疾走してはじめて妖狐としての血が沸《わ》き立つのだ。

劫はきょろきょろとあたりを見回してから、さきほど美咲の髪から崩れ落ちた虹色《にじいろ》の花びらを二、三枚拾い上げた。

「これを使おう」

「花びら？」

「これを頭にのせて、念じる。いや、妖狐になった自分を想像してごらんよ」

美咲は眉《まゆ》をひそめた。葉っぱを使って狸《たぬき》や狐《きつね》が変身するおとぎ話は有名だが、自分にもそれが通用するとは思えない。

「想像力が、変化の力を引き出すんだよ。ぼくは小さいころ、こうやって練習させられたよ」

「劫は半妖怪じゃないのに、練習とか必要だったの？」

「変化の力を操るコツをつかまされたというか。……とにかく走らなきゃできないってのはただの思い込みなんじゃないかな。必要なのは、肉体的なきっかけではなく精神的なきっかけだと思う。騙《だま》されたと思って、試しにやってみろよ」

劫はそう言って、美咲の頭に花びらをそっとのせる。

美咲は目を閉じて、祈るように手を組んで念じてみた。

「うーん……」

はじめは上手《うま》くいくわけがないという思い込みが頭の大半を占めていた。

それから、時間をかけて、危機に瀕《ひん》しているこのいまの切羽詰《せっぱつ》まった状況と、全力疾走しているときに体に起きている筋肉の躍動をむりやり重ねてみた。そして、劫の言ったとおり、妖狐の自分の姿を脳裏に思い描いてみる。

すると意外にも、想像に神経を集中させるうちに、無理だという概念《がいねん》をすっかり自分の中から払拭《ふっしょく》することができた。ほんとうにこのまま姿が変わるのではないかという気さえしてくる。

ほどなくして、なにかが頭の中で繋がった感じがした。

「あ……」

次の瞬間、いつもの、手足のしびれるような感覚と、強い拍動《はくどう》がおとずれた。

（ええー、ほんとうに……）

実現するのだという実感がにわかに全身に満ちる。

気がつくと、頭の上からはらはらと虹色の花びらを落として、美咲は見事に白毛《はくもう》の妖狐に変わっていた。

「成功したじゃん。かわいいな、こっちの姿も」

劫もはじめて見る美咲の変化姿に目を丸くしている。

美咲は感動して、劫を見上げながら白く長い尾を何度も揺らした。自分の中に、制御のきかないものがあるのはとても不都合で不安なことだ。けれどたったいまそれが、ひとつ解消できたのだ。

「もう、走らなくても変化できるんだわ」

喋《しゃべ》ったことで、美咲は人の姿に戻るが、まぐれではないことをたしかめるために、花びらを頭にのせて、もう一度挑戦してみた。

一瞬で、というわけにはいかないけれど、花びらと想像力で変化はたしかに実現するのだった。姿を解くのは簡単だった。声を出そうとすれば、いつでも人の姿に戻ることができるようになった。

この天然石に彩《いろど》られた半地下の薄暗い部屋の中で、こんなふうに新しい自分を発見することになるなんて、思いもよらないことだった。

「ぼくも美咲に化けなきゃな」

劫が言う。もちろん彼には、花びらなど必要ない。

「ねえ、あたしに化ける前に、もう一度、妖狐になってみてくれない？」

美咲は人の姿に戻って言った。

「どうして」

「見たいの、妖狐になった劫の姿」

劫は不思議そうな顔をしていたが、美咲がしつこく期待して待つので頷いて姿を変えた。

劫の肢体《したい》はやはり雄《おす》らしく、美咲よりもやや体が大きくて力強い印象がある。

美咲は正面にしゃがみ込んで、劫の体を撫《な》でた。

「うふふ。気持ちいい」

自分と同じ、白くつややかな毛質である。

「あたし、分かった。どうしてこの姿に惹《ひ》かれるのか」

美咲は劫の首を抱きしめて、静かに言った。劫はぴくりと耳をうごめかして美咲のほうを見ようとする。

「お父さんを思い出すからなの。この大きくて白い体が、懐《なつ》かしかったからだったんだわ」

美咲は白い毛並みに頬《ほお》をうずめた。妖狐の姿を見るたびに胸を熱くさせた切ない感情。あたたかくて、やわらかな触れ心地。健《すこ》やかな陽《ひ》だまりの匂《にお》い。それらは遠い記憶の中にある、父との時間を呼び起こすものなのだった。

劫は、そのまま妖狐からすうっと美咲に化《ば》けた。

自分と寸分たがわぬ姿を前に、美咲は一瞬あっと驚いた。

「父さんは勘弁《かんべん》してよ」

劫は苦笑しながら言う。

自分の生き写しが目の前にいるというのは、形容しがたいほどに異様な感じがした。まるで、鏡の中の自分が抜け出してきたみたいだ。

たった一つ異なる点があるとすれば、耳の後ろにできた傷である。血はかろうじて止まったようで、髪を下ろしていれば簡単には見つからない。けれど、傷口そのものはじくじくしていて、触れればすぐに血が流れだすような痛々しい状態だった。

「この傷に気づいたら、きっと下女たちは大騒ぎするわね」

美咲は神妙に言うと、自分の姿をした劫のそばに寄って、傷口をいたわるように、まわりの髪を払った。

大切な献上品《けんじょうひん》にみっともない傷をこしらえたのだから、下女たちは土蜘蛛の逆上を恐れて逃げ出すかもしれない。

「きみも、早いとこ妖狐になっておいたほうがいい」

そうだった。いつ下女が現れてもいいように、変化しておかなければならない。

劫は美咲の姿で、美咲は妖狐の姿で、下女が現れるのを待った。

時が経《た》つにつれ、体が疲れを訴えはじめて眠気がやってきた。普段ならふとんの中で眠っている時間帯なのだ。

劫も同じだったようで、二人して数時間うとうととしたあとのこと。

土蜘蛛の言ったとおり、食膳《しょくぜん》を抱《かか》えてひとりの下女がやってきた。

「おや、おまえ、衣装も御髪《おぐし》もすっかり崩れちまってるじゃない」

下女は、美咲を見て仰天《ぎょうてん》した。

「もう一戦交《まじ》えたのね？　見た目どおり手の早い男だわ」

下女は卑猥《ひわい》な笑みを漏《も》らしながら言って、妖怪料理盛りだくさんの食膳を置くと、手早く美咲の――正確には劫だが――の髪型を整えにかかった。外見の乱れにはことに神経質な者たちである。

（チャンスだわ）

美咲は劫と目配せし合って、あまりじっくりと姿を見られぬうちに、するりと下女のわきを抜けて部屋を出ていった。

「あれ、どこへ行くの、あんた」

下女が一瞬あわてるが、

「少し外の空気を吸いたいんだってさ。土蜘蛛が呼び寄せればじきに戻るよ」

美咲に化けた劫が言うと、下女は軽くため息をついて追うのをあきらめた。

劫の言ったとおり、肝心《かんじん》の美咲はちゃんと目の前にいるので、さほど問題にしていない様子なのだった。

2

部屋を出たとき、戸のそばで張っていたふたりの黒装束《くろしょうぞく》が、妖狐《ようこ》の姿——おそらく劫《めぐる》と思い込んでいる——を見止めて追いかけてきた。

美咲《みさき》はそのまま外へ走り出た。黒装束たちが、四本足で駆ける美咲の速さに追いつけるはずもなく、脱出は計画どおり無事に成功した。

あたりはうっすらと白《しら》みはじめていた。

(家に御封《ごふ》を取りに戻っている時間はないわね……)

夜が明けてしまうまでに戻らなければならない。土蜘蛛《つちぐも》が、貸間に帰ってくるよりも前に。

朝霧《あさぎり》の立ち込める裏町を、美咲は速度をゆるめることなく一心不乱に駆けた。

妖怪たちの行き交《か》う街道筋に、煌々《こうこう》と輝きを放つ店があった。軒行灯《のきあんどん》のようなおぼろげな明かりではなく、現《うつ》し世《よ》の電気や日光に近いはっきりとした明るみだ。劫と一緒に立ち寄った、あの光鏡《ひかりかがみ》の店である。

店は昼間とは異なる様相を呈《てい》していた。見本品として掲《かか》げられた数個をのぞいて、すべての鏡は、光を放つ時を待って黒い布で覆《おお》われている。

「この光は太陽に匹敵《ひってき》する力をもつのよね」

美咲は肩で息をしながら、奥から出てきた店主に訊《たず》ねた。

「ええ、隣人の密通現場からお客様の鼻の穴まで、くまなく照らし出しますな」

「光はどのくらいもつの？」

「採光日の天気によりますな。昨日はときどき曇《くも》っておりましたから、ちいと短いかもしれませんな」

「じゃあ念のため、二つくらい買っていこうかしら」

「あいにくお一人様お一つ限りしかお売りすることはできませんな」

「どうして？」

「こちらは光鏡専門の研ぎ師が鏡面を磨くことで、このようにまばゆい光を溜《た》めることが実現するのでございますが、ただいまその者が病《やまい》で臥《ふ》せっておりまして、在庫が乏《とぼ》しいんです」

店主はハの字眉《まゆ》を、ますますハの字にして申し訳なさそうに肩をすくめた。

「だって、こんなにたくさんあるじゃない」

美咲は店先にずらりと並んだ鏡を指さして言った。すると店主はまわりに目をやってほかに客のいないことを確認してから、声をひそめて言った。

「このうちの九割はただの鏡です。店の体裁《ていさい》を保つために並べてあるだけなのでございます」

「そうなの。なら、ひとつでがまんするわ」

売ってもらえないのなら、仕方がない。ひとつは確保できたのだから、よしとするしかない。

「それとおじさん、紙と筆を貸してもらえませんか？」

美咲は訊《き》いた。

「はあ、紙と筆ですか。かまいませんが、手習いでもするので？」

「御札《おふだ》を作るのよ。できるだけ薄いものがいいわ」

「紙というとこの包装紙のほかには、障子紙《しょうじがみ》か尻拭《しりふ》き紙くらいですが。どれにしますかな？」

店主が鏡を包むための天具帖紙《てんぐじょうし》と思《おぼ》しき薄い紙を示して言う。

「包装紙が薄くていいわ。おじさん、それを三寸四方に切ってくださらない？」

美咲は帳場に硯《すずり》を見つけてさっそく墨《すみ》を磨《す》りながら頼む。

御封は本来ならば本店が用意してくれる紙に書きつける。もしかしたら効果が薄れるのかもしれないが、天具帖紙は紙質としては限りなく現物に近かった。

（これでなんとかなるわ）

美咲は短時間で二〇枚ほどの御封を仕上げた。少々乱雑ではあるが、綴《つづ》りに間違いはないのでおそらく問題はないはずだ。

ほか、龍の髭の代わりになりそうな組紐《くみひも》も束で分けてもらってから、美咲は店主に礼を告げて『蜜虫楼《みつむしろう》』に向けてふたたび街道を駆けた。

土蜘蛛がまだ戻っていませんように。美咲は祈りながら、いつもの感覚に身をまかせて妖狐《ようこ》に変わって走った。

『蜜虫楼』に戻って人の姿になった美咲が階下に下りると、戸口で見張りをしていたふたりの黒装束がぎょっとして身構えた。

部屋の中に軟禁されているはずの美咲がとつぜん上から現れたのだから無理もない。

ふたりとも言葉はいっさい発しなかったが、片方はすぐさま美咲を捕らえようと襲いかかってきた。無言なのが逆に気味悪い。

美咲は黒装束の伸ばしてきた手をかわし、顔の薄布をいち早く取り払い、懐《ふところ》に隠し持っていた光鏡の鏡面をかざした。黒装束は白目の部分が赤く、猛禽類《もうきんるい》のような金色の目をしていた。

手下はみな、土蜘蛛の一族のようだ。

効果はあった。

一瞬、半地下の通路に光が満ちて、黒装束は目を押さえて呻《うめ》き声を上げた。それから全身から鼻につく匂《にお》いのある湯気のようなものを発して、その場に崩れた。

美咲がいったん光鏡をひくと、もう一方の黒装束がみるみるうちに体長一メートルあまりほどもある焦《こ》げ茶色《ちゃいろ》の巨大な蜘蛛に変化した。

「でかい……っ」

美咲はその、妖怪でしかありえない醜《みにく》くおどろおどろしい眺めに思わず一歩後じさった。

そのとき奥の引き戸が開いて、物音を聞きつけたらしい下女たちが出てきた。

「おまえ、どうしてここに！　いつの間に外へ出たの？」

下女の一人が美咲を見て目を剝《む》いた。

「中にいるのは、劫よ。あたしは、御封を取りに行くためにとっくに抜け出してたわ。ここはもうおしまいよ。土蜘蛛は橘屋《たちばなや》に捕まって、高野山《こうやさん》へ送られるわ」

言っている間に、変化した蜘蛛が床を這《は》って通路を猛進してきた。

美咲は御封をバラバラと放った。空気がぶれて妖気が衝突し、蜘蛛が一挙に足止めをくらった。紙質がちがっても効果は変わらないようだ。

美咲はもう一度光鏡の鏡面を蜘蛛たちに向けて追い討ちをかけた。

「やられちまったじゃないの！」

下女たちは、勢いの鈍《にぶ》った土蜘蛛の手下たちを目の当《ま》たりにして蒼白《そうはく》になった。

美咲は、光に悶《もだ》えている蜘蛛どもを順番に組紐で縛《しば》り上げ、御封を貼《は》りつけて妖気を封じ込めていった。龍の髭ではないから、御封だけでどれくらいの時間、妖怪を拘束《こうそく》していられるのかは分からない。

「あたしはお縄になるのはイヤだよ」

「あたしだって」

あわてふためく下女たちの顔が悲壮なものを帯びる。彼女らはただの雇《やと》われ人である。

「あんたたちは見逃してあげるわ。かわりにこの地下の部屋の鍵《かぎ》をぜんぶ置いていきなさい」

美咲は鋭く命じた。

「鍵だって。早く渡しちまいなよ。土蜘蛛様が戻る前に」

片方の下女が肘《ひじ》で小突きながら言って、もう一人の下女が懐からあわてて錠《じょう》を取り出した。

「あたしらはパクられないって、約束してくれるんだろうね？」

下女が険《けわ》しい顔で念を押すように問う。

「人間に直接手を下したり、危害を加えたりしたわけではないんだから、どのみち高野山には入れられるようなことはないわ」

美咲に言われ、下女は半信半疑の面持《おもも》ちでおずおずと鍵を手渡した。

「雁木小僧《がんぎこぞう》の閉じ込められている場所はどこ？」

「すぐとなりよ、おまえがいた部屋の」

「そう、分かったわ」

「あたしらはもう関係ないからね。約束だよ」

それから下女たちは、土蜘蛛が戻ってきて面倒が起きる前に、荷物を風呂敷《ふろしき》にまとめてそそくさと『蜜虫楼』を出ていった。


美咲は先に雁木小僧のもとへ向かった。

自分たちが閉じ込められていた蜘蛛の巣の部屋のとなりは、造りは同じだが空き室だった。

そのさらにとなりの座敷《ざしき》で、雁木小僧は猿轡《さるぐつわ》をかまされ、蜘蛛の糸らしきもので全身をぐるぐる巻きにされて身動きの取れない状態で放置されていた。

「雁木小僧！」

美咲は叫びながら駆け寄り、あわてて猿轡をはずしてやった。好待遇で軟禁中なんて真っ赤な嘘《うそ》だ。

「お嬢さん、無事でしたか……よかった」

雁木小僧はほっとしたように言った。顔に覇気《はき》がない。かなり消耗《しょうもう》しているようだった。

蜘蛛の糸は手では切れないため、劫がやったように、燭台《しょくだい》の火でも使って焼き切るしかない。

美咲は燭台の蠟燭《ろうそく》を手にし、糸の重なった部分に炎を慎重《しんちょう》に近づける。

「かたじけないっす」

雁木小僧がしおらしく言った。

「いいのよ。お互い様だから」

美咲はそう言って、焼《こ》げ焦げてゆるんだ蜘蛛の巣を雁木小僧の体からむしり取った。

「下働きの女たちから聞きました。崇徳上皇《すとくじょうこう》がらみのひでえ計画が練《ね》られてたみたいで」

「そうなの。彼は蜘蛛の子を入れられて土蜘蛛に洗脳《せんのう》されていたのよ」

「ええ、それでおれらを土蜘蛛に売ったんすよね。あの悪い予感はまさに虫の知らせだったわけだ」

雁木小僧が事態を見抜けなかったことを悔《く》やむように言う。

「立てる？」

「はい」

「ふたつ向こうの部屋に、劫がいるわ。もう目は覚ましてくれたの。土蜘蛛がもうじき帰ってくるから、みんなで待ち伏せてとっ捕まえてやりましょ」

ふたりは蜘蛛の巣の部屋に向かった。ところが、外から戻ったらしい黒装束がふたりばかり階《きざはし》を降りてきた。

「まだいるの！」

美咲は後じさった。

それからふたたび懐から取り出した光鏡を利用して、敵方にいったん不意打ちをくらわせた。布で顔を覆っていても効果はあるようだ。弱ったところに雁木小僧が飛びかかって、体を押さえつけ、美咲は額《ひたい》に御封を貼りつけて一人を仕留《しと》めた。

もう一人は先ほどと同じような蜘蛛に姿を変えた。口から蜘蛛の糸を吐き出して攻撃してくるのを雁木小僧が囮《おとり》になってからめとり、その隙《すき》に美咲が尻《しり》に回って御封を貼りつけ、妖気を奪った。

「ああ、使えますねえ、その鏡」

雁木小僧が蜘蛛の巣を取り払いながら感心する。

美咲は雑魚《ざこ》どもを組紐で縛りながら頷《うなず》いた。これにも御封を貼る。

「光が苦手な妖怪に限ってはね。劫のところへ急ぎましょ」

蜘蛛の巣の部屋の錠を開けると、劫はすぐそこにいた。

すでに美咲の姿ではなくなっている。通路で何ごとか起きていることに気づいて、必死に部屋から出ようとしていたようだった。

「大丈夫?」

と劫が美咲に問う。

「ええ。劫は?」

「無事だよ。無知な下女たちで助かった。耳の傷を見ても、抵抗してつけられたものだと思い込んでいたみたいだ。土蜘蛛の目から隠さなきゃって、そっちのほうばかりに頭がいって、髪型を何度もいじって必死だったよ。もちろん、きみがぼくだということには気づかなかった」

「あの女たちは逃がしてあげたわ。手下はいまのところみんな片づいてるから、あとは土蜘蛛が戻るのを待つだけよ」

「光鏡は手に入った？」

劫に訊《たず》ねられて、美咲は懐にしまってあった光鏡の鏡面をちらりと見せた。胸元がぼんやりと光る。

「あれ、お嬢さん、こいつ、なんだかさっきより光が薄くなってやしませんか？」

光り具合を目にした雁木小僧が言った。

言われて美咲も、鏡面の放つ光が、買った当初よりもずっと鈍《にぶ》くなっていることに気づいた。

「本当だわ。こんなにも早くなくなるものなの？」

「蜘蛛の目を灼《や》くことで、よりたくさんの光を消費したのかもしれないっす」

美咲は顔をくもらせた。

「まずいわ。これじゃ、肝心《かんじん》の土蜘蛛と戦うときには効果が期待できないじゃない」

ひとつしか売ってもらえなかったことが悔やまれる。

「いまからもうひとつ買ってくるとか？」

劫が提案する。

「でも、その間にもしも土蜘蛛がここに戻って事態に気づいたら、捕まるのを恐れてどこかに雲隠れする可能性が高いわ」

「誰かを見張り役に残しても、また人質に取られたりしちまったら厄介《やっかい》ですしねえ……」

雁木小僧も眉《まゆ》をひそめる。

美咲はしばし迷った。外はもう白みはじめていたからとにかく時間はないのだが、このまま待ち伏せて片をつけるのは、やはりいささか心もとない。確実に仕留めるために、万全を期して出直したい。

「急げば間に合うかしら」

「ここで心配してるより、さっさと行って間に合わせようよ」

「そうよね」

劫の言葉に美咲が頷いた。決心して、三人がもう一つ光鏡を手に入れるためにいったんここを出ようとしたときだった。

「しかし、無理みたいっす。もう土蜘蛛が戻ってきました」

妖気で気配を察知したらしい雁木小僧が足を止め、険《けわ》しい顔で虚空《こくう》を睨《にら》みながら言った。

「うそ……」

美咲はひやりと肝《きも》が冷えるのを感じた。

3

「おや、アナタたち、そこで仲良くそろってなにをしてるんだい」

一階へ向かう踊り場で美咲《みさき》たちと鉢合《はちあ》わせした土蜘蛛《つちぐも》は、一瞬のうちに状況を悟《さと》って不愉快《ふゆかい》そうに面《おもて》を歪《ゆが》めた。

妖気を開放したらしく、耳の奥がキイィンと圧迫されるような感じがした。ゆらりとあたりに不穏《ふおん》な気配が満ちる。

「役にたたない子たちだね」

階下で、組紐《くみひも》で縛《しば》り上げられて妖気を失っている手下たちの無様な姿を見た土蜘蛛は、目を眇《すが》めて心底忌々《いまいま》しげにつぶやく。

「あんたもおとなしく捕まりなさい。ネタは上がってるのよ」

美咲は鋭く言い放った。

「捕まるだって？　冗談じゃない。この貸間の魅力は、非合法なことにも目をつむってくれる、絶対の秘密主義なところ。アナタたちはここで消える。そしてめでたく証拠湮滅《いんめつ》だよ。せっかくいい献上品《けんじょうひん》が用意できるはずだったのに、口惜《くちお》しい」

土蜘蛛はそう言うと、ブウゥンと空気を唸《うな》らせて巨大な焦《こ》げ茶色《ちゃいろ》の蜘蛛に姿を変えた。さきほどまでの雑魚《ざこ》どもより大きな体躯《たいく》で、妖気が格段に高い。

蠟燭《ろうそく》の炎を受けてぬらぬらとてかりを放つ表皮、左側の前脚《まえあし》は一本欠けている。これがかつて橘《たちばな》屋《や》にやられたという部分なのだろうか。変化《へんげ》しても変わらぬ、赤に金色の眼《め》がますます不気味である。

美咲は六枚の御封《ごふ》を使った。

土蜘蛛の巨軀がズンと抵抗を受けて、黄金色《こがねいろ》の焰《ほむら》とともに勢いを失う。

しかしそれだけでは弱らなかった。じきに体勢を立て直し、こっちに這《は》ってくる。

美咲たちはやむなく階下に引き返した。

土蜘蛛は、真ん中にいた劫《めぐる》めがけておもむろに前脚を振り下ろした。

狭い通路で、三人がおのおのの場所に飛び退《しさ》った。

がりりと床を穿《うが》った前脚の先は、鋭い鎌状《かまじょう》になっている。あんなもので串刺《くしざ》しにされたら、ひとたまりもない。

土蜘蛛はギチギチと、黒板を引っ掻《か》いたときに出るような不快な音をたててふたたび迫ってくる。口から勢いよく輝く糸が吐き出され、投網《とあみ》を打ったように美咲らの頭上で広がる。

糸から逃れるため、美咲らはなかば押しやられるように蜘蛛の巣の部屋へと逃げ込んだ。

ひとまずぴしゃりと引き戸を閉ざし、内側から錠《じょう》をかける。

「どうする?」

劫が切迫した様子で問う。

光鏡《ひかりかがみ》が使えるのはせいぜいあと一度くらいである。

「このまま喰《く》われるわけにはいかないわ」

「燭台《しょくだい》でも武器にして、おびき寄せたところを上から叩《たた》き込みますか」

雁木小僧《がんぎこぞう》があたりを見回してから言う。使えそうなものは、それくらいである。

残った光鏡の光と打撃で弱らせて、美咲が御封で仕留《しと》める。それならなんとかいけそうだ。

「しかし甲冑《かっちゅう》みたいに硬そうだったよね、あいつの体」

劫が言う。

「あなたたちの腕力に期待してるわ」

雁木小僧と劫はおのおの燭台を取りに向かう。

「失敗したら土蜘蛛に喰《く》われちゃうのかしら、あたしたち」

美咲は不安を抑《おさ》えきれずに、戸を押さえながら険《けわ》しい顔でつぶやく。

「いや、喰われるのはたぶん半妖怪のお嬢さんだけっす」

雁木小僧が蠟燭の火を吹き消して燭台から外しながら、やや申し訳なさそうに言う。

「え……」

「ぼくと雁木小僧は嚙《か》み殺されて終わりってところか」

劫は燭台の柄《え》の部分を摑《つか》んで、試しにブンと振り下ろしてみながら言う。

「たいして変わらないじゃない……っ」

と、そのとき。

ドオン、となにかがぶつかる音が轟《とどろ》いて、戸板が揺れた。

土蜘蛛が体当たりで、引き戸を打ち壊そうとしている。

三人は体重をかけて戸板を押さえた。

「すげえ馬鹿力」

劫が言う。あの小綺麗《こぎれい》な身なりで優雅に口をきいていた土蜘蛛と同じ生き物とは思えない。

回数を増すごとに、ぶつかる力は強くなっていく。

必死に戸を押さえるが、もはや壊れるのは時間の問題である。

やがてバキバキと木が軋《きし》んで折れる音がして、一間《いっけん》の引き戸が大破した。


土蜘蛛が勢いよく貸間に突入してきたとき、蜘蛛の巣の張られた部屋の正面には美咲ひとりしかいなかった。

美咲は光鏡を持って土蜘蛛を待ち構えていた。

光は幾分鈍《にぶ》かったが、土蜘蛛の勢いを弱らせるには事足りた。奇妙な唸り声とともに土蜘蛛が後退し、その隙に戸口の両側で待ち伏せていた劫と雁木小僧が、燭台の油受けの部分を土蜘蛛の胸部に同時に叩き込んだ。

美咲は御封を放った。土蜘蛛は黄金色の焔とともに一気に怯《ひる》んだかのように見えた。

「やりましたね！」

雁木小僧が言った。あとは御封をじかに貼《は》りつけて妖力《ようりき》を完全に封じるだけだ。

二メートル近くもある巨体なので、美咲が二人の手を借りて組紐で固定し、あとは結び目を作るばかりというときのこと。

土蜘蛛の口が、とつぜん四方に大量の糸を噴《ふ》いた。

真正面にいた美咲は息を呑《の》んだ。

とっさに組紐を握ったまま数歩後退して距離をとったが、蜘蛛の糸は美咲の胴を捕らえていた。

やはり、ただの組紐では龍の髭のように確実に妖怪の動きを封じることはできない。

しかし美咲も断固として組紐を手離さなかった。そしてそれ以上糸に巻かれぬように、自《みずか》らの胴に御封を貼りつけた。黄金色の焔がたって、糸の動きは止まった。

ところが糸は、美咲のみならず同時に雁木小僧や劫のほうにも伸びており、燭台だけでは太《た》刀《ち》打《う》ちしきれなかった彼らの体は無残にもミイラのようにぐるぐる巻きにされていた。

巨大な糸巻のようになったふたりの体は、土蜘蛛の妖力でそのまま床に叩きつけられた。

「雁木小僧！　劫！」

土蜘蛛は組紐で縛られているので身動きが取れない。しかし結び目を結《ゆ》わいそびれたため、美咲が一瞬でも紐を引く手をゆるめれば、縛りはほどけてしまう状態にある。一方、美咲の胴に巻きついた蜘蛛の糸は、強い力で美咲を自らのほうへ引き寄せようとしている。

互いの力は、妖力によって拮抗《きっこう》していた。

「負けるもんですか……」

美咲は組紐を全力で引っぱりながら腰を落とし、必死でその場に踏ん張った。

4

その頃、貸間の一階の番台には弘人《ひろと》が来ていた。

遠方から急ぎ駆けつけたために少々息が乱れている。

「橘《たちばな》屋《や》本店だ」

弘人は一息ついてから、神経質そうに面《おもて》を上げた番頭に向かって、いつもどおりの涼しい顔で名乗る。

「これはこれはどうも」

番頭は一瞬驚きに目を見開いたが、すぐさま表情をあらためて慇懃《いんぎん》に頭を下げた。額《ひたい》に一本角。よくいる鬼族の男である。

「地下の貸間の妖気が半端《はんぱ》ないいんだが、なにごとだ?」

弘人が問う。

「申し訳ございません。契約者様の私的な事情に関しましてはお答えしかねますので」

「これ、職務質問なんだけど」

「うちでは、いかなる例外も認められておりません」

番台は丁重《ていちょう》に言って頭を下げた。

「契約主《けいやくぬし》の特徴だけでいいから教えてよ。角《つの》あり？　羽根あり？　それとも獣系《けものけい》か？」

「私《わたくし》どもの口からはちょっと……」

「表の窓なんだけど、なんであんな黒いもので覆《おお》ってあるんだ？　雀荘《ジャンそう》じゃないんだからさ。それともなに、そういういかがわしいことしてるのか、賭博的《とばくてき》な？」

「存じておりません」

「もういい。自分の目でたしかめるから地下に通してくれよ」

土蜘蛛《つちぐも》がいることは、実はすでに分かっているのである。

「申し訳ございませんが、契約主様への干渉《かんしょう》はいかなる場合も認められておりません。そのため、親鍵《おやかぎ》も存在しておりません。入り口を完全に私物化していただくことで、私どものほうもお客様からの信頼を確保しておりますゆえ」

「入り口はね。じゃあ、窓はそうでもないわけだ。ガラス代は橘屋本店会計方にひと月以内に請求してくれ」

弘人はさばさばと言って、身をひるがえした。

美咲《みさき》は依然《いぜん》として土蜘蛛と対峙《たいじ》していた。

歯を食いしばり、必死に踏ん張って土蜘蛛がくたばるのを待っていた。いまや双方が妖力のすべて出しきって、互いに互いを引っ張り合っているのだった。

雁木小僧《がんぎこぞう》と劫《めぐる》は意識を失っているのか、あるいは土蜘蛛の妖気に動きを抑《おさ》え込まれているのか反応がない。顔すらも糸で覆《おお》われているので、窒息《ちっそく》するのではないかとそっちも気がかりだった。

と、その時。

突如《とつじょ》として、土蜘蛛の後ろ側にある高窓に、バチバチと青白い細かな雷光が走った。

美咲はなにごとかと目を瞠《みは》った。

さらに枠《わく》を縁取《ふちど》るようにまばゆい稲妻がめぐったかと思うと、次の瞬間ガラスが割れて、窓を覆っていた黒い布ごと吹っ飛んだ。

夜明け前のほの明るい光が差し込んで、ぼんやりとした室内に新しい空気が流れ込んでくる。

土蜘蛛は背後からの明るみにいくらか打撃を受けたらしく、美咲の体を引っ張っている力が一瞬怯《ひる》んだ。

飛散したガラスの破片は土蜘蛛の体の上に散らばっていた。美咲のほうにも危うく飛んでくるところであった。

「おはよう。怪我《けが》はないか？」

高窓から聞き覚えのある声がして、ガラスを割ったらしい本人が顔をのぞかせた。

「ヒロ！」

美咲は驚愕《きょうがく》し、思わず叫んだ。

着流し姿の弘人が、屈《かが》み込んで部屋を見下ろしている。

「どうしてここに！」

「早朝からご苦労さん。なにしてんだ。綱引き大会か」

真顔で言われるので、本気か冗談なのかがいまいちつかめない。

「見て分かんないの？　こいつを退治しようとしてるのよ！」

互いに引っ張り合い、力が拮抗《きっこう》して、にっちもさっちもいかないという現状なのだった。

「ヒロも……手伝って……」

美咲はいっそう引きの強くなった土蜘蛛の力に対抗して唸《うな》りながら訴える。御封《ごふ》でも飛ばしてくれれば、弘人のなら一枚あたりの妖力が美咲のよりずっと強いので、じきに勝負がつきそうなのに。

「なぜ龍の髭《ひげ》を使わないんだ？」

加勢してくれる気配はまったく見せないまま、弘人は問う。

「取り上げられて、処分されたわ」

「そうか。それで御封も、いつもに増して乱筆のにわか仕込みなんだな」

「うう、悪かったわね」

それからひととおり室内を眺め回して状況を把握《はあく》したらしい弘人は、美咲の懐《ふところ》からのぞいている鏡の背に目をつけた。

「おまえの小さい胸元からはみ出しているそれはなんだ」

「なんか一言多い気がするんだけど、光鏡《ひかりかがみ》よ」

「そうか。じゃあ、紐《ひも》は片手で引っぱって、そいつを土蜘蛛のほうに向けろ」

「この光鏡はもう光を失っているのよ」

「いいから言われたとおりにしろ」

理由が分からぬまま、しかし有無《うむ》を言わせぬ弘人の命令に逆らうこともできず、美咲は言われたとおりに組紐を引く手を片方にして、光鏡を懐から取り出した。

「そう、その醜《みにく》い面《つら》を本人に見せつけてやる感じで」

弘人は若干《じゃっかん》意地の悪い笑みを浮かべ、高窓から室内を見下ろしたまま冷静に指示を出す。

しかし組紐を引く力が半減したせいで縛《しば》りがゆるまり、土蜘蛛が美咲の胴を引っ張る力のほ

うがしだいに強くなって、彼女の体がわずかずつ引きずられはじめる。

「だめ、土蜘蛛に引っぱられるわ」

美咲は焦《あせ》りを覚えた。

「あと一分。いや、三〇秒踏ん張れ」

「なんで……、なんなの……」

全身の筋肉が疲れを訴え、悲鳴を上げはじめるころのことだった。

強く明るい光が、屈んでいる弘人の背後からいきなり後光のように差し込んだ。

「朝日！」

美咲は目をそばめながら叫んだ。夜明けである。

鏡面が、朝日を反射してチカリと一閃《いっせん》した。

鏡面をはね返った強い光は土蜘蛛の目を真っ向から直撃し、例の耳障《みみざわ》りな声が部屋中に響きわたった。

美咲の体を引きずらんとする力が一気に消えうせる。

角度を調節するたびに、一条の光が土蜘蛛に向かって何度も迸《ほとばし》った。

その光は、土蜘蛛の目だけでなく体のあちこちを容赦《ようしゃ》なく灼《や》いた。焦《こ》げ茶色《ちゃいろ》の表皮から、手下を仕留《しと》めたときと同じ、かすかに腐《くさ》った肉の焦げるような悪臭《あくしゅう》をはらんだ湯気が立ちのぼった。

朝日は、暗闇《くらやみ》でしか生きられない土蜘蛛にとって致命的《ちめいてき》な打撃だった。弘人は夜明けを計算に入れて美咲に光鏡を使わせたのだった。

「使え」

弘人が袂から取り出した龍の髭の束を投げてよこした。

「ありがとう。……さあ。高野山《こうやさん》で、あらいざらい、全部喋《しゃべ》ってもらうわよ」

美咲は弱った土蜘蛛に歩み寄ると、組紐の上からさらに龍の髭で縛り、直接頭部に御封を貼《は》りつけて残りわずかな妖気も封じ込めた。

妖気を失ったらしい蜘蛛の糸から、劫と雁木小僧が自力でもがいて出てきた。

「あー息苦しくて参ったよ、この糸。窒息死するかと思った」

劫が言った。

「サナギになった気分っすね」

美咲は、疲労困憊《こんぱい》した様子で体に絡《から》まった糸を取り払うふたりを手伝った。糸は妖気を失っているが、依然《いぜん》として絹糸《きぬいと》のように丈夫でつややかだ。

「大丈夫か？」

高窓から、弘人がふたりの男子に声をかける。

「若……、連絡が遅くなっちまってすいません」

雁木小僧が唇《くちびる》を引き結び、軽く頭を下げた。横でそれを聞いた美咲が目を丸くする。

「いや、いいタイミングだったよ。……おれは番頭に朧車《おぼろぐるま》を呼ばせるから、おまえたちは土蜘蛛を外に運んでくれ」

「わかりました」

雁木小僧が頷《うなず》く。

朧車とは、高野山送りになった悪鬼を護送する、橘屋に雇《やと》われた牛車《ぎっしゃ》の妖怪である。

「なんで。いつの間に来たんだ、あいつ」

弘人が顔を引っ込めて高窓から姿を消すと、それまで険《けわ》しい顔をしていた劫が愛想《あいそ》のない声でぼそりと言った。美咲もそれが不思議だった。

「おれが知らせたんすよ」

雁木小僧が言った。

「どうやって？」

美咲も驚きながら訊《たず》ねる。

「管狐《くだぎつね》っす。忘れたんで店に取りに戻ったのはそれなんです。このまえ坊《ぼん》がうちに来たとき、お嬢さんになにかあったら呼べ的なことを言って、手渡されたんすよ。そいつを厠《かわや》の窓から放ったんです」

管狐は、本来天狗《てんぐ》が使役《しえき》する、竹筒に入るほどの小さな狐の使い魔である。それが、裏町では伝令使として八咫烏《やたがらす》などと並んで売り物にされているのだ。ただし、使用できるのは管狐の喋る特殊な言語を解読できる者同士のみに限られる。

「なにかあったらって、あたしはまるで期待されてないのね」

美咲は少し情けなくなってぼやいた。

「でもトラブルを起こすことは期待されてるみたいっすよ」

「それは期待じゃなくて、危惧《きぐ》というのよね……」

それでも、弘人が自分のことを思ってしてくれたのだと思えば、なにやら胸が熱くなる。

「あいつって、美咲に気があるわけ？」

と劫が不機嫌《ふきげん》そうに問う。

「さあ。そういうんじゃないと思うけど」

「じゃあ、そんな曖昧《あいまい》な態度のやつ相手にしてないで、ぼくにしとけよ、美咲」

「こんなところでお嬢さん口説《くど》いてる場合じゃないっすよ、劫さん」

「そうよ、なんの冗談よ、劫ったら。ヒロは橘屋の一員として加勢したのよ。彼が来てなかったら、朝日はここには入らない。あのまま土蜘蛛に引っぱられて、あたしもあなたたちもやられてしまったかもしれないわ」

美咲が言うと、劫は肩をすくめ、いささか不満げにつぶやいた。

「橘屋に借りイチ、ってところだな」

美咲と劫と雁木小僧が三人で土蜘蛛の巨軀《きょく》を引っぱり出すと、表にはすでに朧車が停車しているのが見えた。土蜘蛛は図体《ずうたい》がでかいので牽引《けんいん》していくことになるという。

番台でなにやら番頭と押し問答を繰り返していた弘人は、土蜘蛛が運ばれてきたことに気づくと、さっそく雁木小僧と劫に朧車に括《くく》りつけるよう言いつけた。

「おまえは地下に来い。現場検証だ」

そう弘人に言われた美咲は、ふたたび階下へと降りた。

美咲が軟禁されていた部屋に入る。

高窓から光が差し込み、天然石で埋めつくされた壁がこれまでとは異なる輝きを放っていた。

「辰《たつ》ノ区界《くかい》の秋吉台《あきよしだい》に『鍾乳堂本店《しょうにゅうどうほんてん》』という陰間茶屋《かげまぢゃや》があるんだが、昔、この貸間はその分店だったらしい」

弘人は言った。

「陰間茶屋だったというのは雁木小僧から聞いたわ。……秋吉台といえは、現し世《うつよ》でも美しい鍾乳洞《しょうにゅうどう》で有名なところね」

「おれはちょうど人肉売買の件で、今朝方《けさがた》までその辰ノ区界のほうで探りを入れていたんだ」

「そんなところから来たの？」

辰ノ区界というと山口県《やまぐちけん》のあたりで、ここからはかなりの距離である。

「食用に捌《さば》かれていた人間が『鍾乳堂本店』から転売されたものであるという情報が入ったんで、夜遊び半分の聞き込み調査をしてた。ところが『鍾乳堂本店』はまったくのシロで、どうやらこっちの元分店で一部の妖怪を愛玩用《あいがんよう》としてよそに斡旋《あっせん》しているらしい商売人がいることが客の証言で判明したんだ」

転売元は『鍾乳堂本店』ではなく、元『鍾乳堂分店』だった。屋号が変わっているうえに、貸間に店を構えているから正確な場所がつかめなかったわけである。

そして客からその情報を入手したまさにそのときに、示し合わせたように弘人のもとに雁木小僧の放った管狐が遣《つか》わされてきたという。

「その斡旋業者っていうのが土蜘蛛なのね。この地下で妖怪をきれいに飾り立てて、顧客《こきゃく》に向けて搬出《はんしゅつ》するのだと下女たちが言っていたわ。たぶん、使い魔を仕込んだまま。……そのなかには、ときどき人間も含まれていたって」

「ああ。そして土蜘蛛から愛玩用に人間を買った客のうちのひとりが、さらに人肉を食用に捌く職人に転売していたらしい」

「そうだったの？」

その筋の犯人はすでに本店の技術集団の手によって捕らえられたのだという。

愛玩用であれ食用であれ、用途は異なっても貸間を根城に人間を妖怪に斡旋していれば重罪である。土蜘蛛は間違いなく、高野山送りである。

弘人と美咲は半地下の部分の貸間をすべて一通り見て回ってから、またもとの蜘蛛の巣の部屋に戻ってきた。

「まあ、おまえも無事でよかったな。赤子を捧《ささ》げるとか、生々しい計画の餌食《えじき》にならなくて」

弘人は軽く嘆息《たんそく》してから言った。

「知っていたの、その話……」

「管狐の情報だ。それ以前に、雨女《あめおんな》から、〈帝《みかど》〉の献上物《けんじょうぶつ》なるものの噂《うわさ》を聞いていたんだ。そのリストに、妖狐《ようこ》の子があるとかないとか。だからいちおう雁木小僧に管狐を渡しておまえの身辺を見張らせておいたんだが、まさかこんなに早く動きがあるとは思わなかったよ」

「自分でもびっくりしたわ。また天狐《てんこ》の血筋に目をつけられてしまうなんて」

美咲はそう言って、なんとなくうすら寒いものを覚えてそっと自分の肩を抱く。

「どうせあの妖狐の新入りが種付け役に選ばれたんだろう。耳の後ろの傷は蜘蛛の子を始末した痕《あと》だな？」

しっかりと気づいているところがこの男らしい。

「あたしたちが会った日の夜に、土蜘蛛を仕込まれたそうよ。劫は暗示に強いタイプだけど、それでも完全には土蜘蛛の命令に勝てなかったみたい。本人は、自分の弱さが招いた事態だってとても悔《く》やんでいたけれど――」

「で、おまえはこの部屋であいつと軟禁か。その化粧や小綺麗な着物はあいつをその気にさせるための小細工？」

弘人があらためて美咲の顔や、着物にざっと目をくれてから問う。

「いいえ、予行演習とか言ってたわ。妖狐の子がお腹《なか》にできたあたしをこんな感じの姿にして、この部屋ごと献上品にするつもりだったみたい。実際に蜘蛛の巣にかけられたりもしたのよ。そのまんま放っておかれたところを、いちおう劫が助けてくれたんだけど」

いまや巨大な蜘蛛の巣は破れ、見る影もない。

「で、次は子作りの予行演習か。まず手始めに口づけを見舞われ、帯をほどかれ肩を剝《む》かれたところで貞操《ていそう》の危機が募《つの》り、切羽《せっぱ》詰《つ》まって爪《つめ》を立てた」

「そんなところまで、誰に聞いたの？」

わざわざいまここで、そんなつらい記憶をたどらせるようなことを言ったりして、弘人も無神経で人が悪いと美咲は思う。

「たったいま、おまえの顔に書かれたのを読んだんだよ」

少しあきれたような笑みを浮かべながら弘人が返す。

「…………」

かまをかけられたのだと気づくのに少し時間がかかった。暗示をかけられた種付け役とふたりきりで軟禁となれば、どういう悶着《もんちゃく》があったのか、おおよその想像はつく。

美咲は口をつぐんだ。

ここまでの会話で、美咲が身ごもっていないこと、そして劫と口づけを交《か》わしたことは明白になった。なってしまった。身ごもらずにすんだことはいい。けれど、未遂《みすい》に終わったとはいえ、劫との間にあった出来事はなんとなく弘人には知られたくなかった。

劫は土蜘蛛に操られていたのだ。そうでなければ、自分と彼の間にあんなことは起こりえなかった。

けれどいまここで、それを弘人に主張するのも妙な感じがした。自分たちは恋人同士でも許嫁《いいなずけ》同士でもない。残念ながら弁解せねばならない理由はないのだ。

「ほんと、腹ぼてにならなくてよかったわ」

美咲は壁に埋め込まれたトルマリンをわけもなく見つめながら、ほとんど捨て鉢《ばち》な気持ちでつぶやいた。

ごたごたしていたので忘れかけていたが、自分たちが一緒になる未来はない。事実を知った弘人がなにを思おうが、もはや美咲には関係のないことだ。彼の反応に傷ついたり不安になったりする必要も、もうない。

期せずして重い沈黙が落ちた。

弘人は腕組みして正面の蜘蛛の巣の残骸《ざんがい》を見据《みす》えたまま、無表情で黙りこくっている。

責められているのだろうか。けれど今回はちゃんと慎重《しんちょう》に動いて、なにも大きな失敗はしていない。土蜘蛛だって、あのまま弘人が来なかったとしても、時間はかかったかもしれないがきっとなんとか自力で仕留《しと》められた。

弘人もその辺のところを考えて、手を貸すていどの加勢にとどめたのだろう。

（じゃあ、なに……？）

これまでにも、自分で考えてなにか行動を起こさせたいときにはこうして黙り込むことがあった。あとは、不機嫌《ふきげん》なとき。

（不機嫌て……。だから、どうして）

つらい事態を強《し》いられて、おまけにその事実をいまここで聞き出されて、怒りたいのはこっちのほうなのに。

それとも、劫との事実そのものに対して機嫌を損《そこ》ねているのだろうか。まさか、そんな。

美咲はわけが分からなくなって、ざわめく胸をそっと押さえた。

そもそも弘人は自分のことをどう思っているのだろう。裏町に気安く誘ってくれたり、こうして助けてくれたりもするけれど、彼には藤堂家《とうどうけ》の跡取り娘がいるのだ。彼女とも、こんなふうに係《かか》わっているのだろうか。店員に管狐を持たせて大きな事件があるたびに駆けつけたりして――？

いずれにしても、ここまで弘人が意味不明の無言を続けて、居心地の悪い思いをさせられたのはこれがはじめてである。

チラと顔を盗み見れば、瞳にはいつになく強い怒りが揺れている。美咲はひやりと背筋に冷たい緊張が走るのが分かった。

(どうしよう……)

これは、不機嫌を通り越して本気で怒っている。

「あの、ありがとう。助けてくれて」

沈黙に耐えきれなくなった美咲は、言い忘れていた礼をおずおずと言った。

「ああ」

弘人は我に返ったように頷《うなず》いた。それから、

「上に戻るぞ」

意外にも表情をあらため、ふだんどおりの声音《こわね》で美咲を促《うなが》す。

(ヒロ……?)

美咲は目をしばたいた。

たったいままで見ていた怒りは、どこへいったのか。こっちの思い込みだったのだろうか。

けれど、感情を押し殺している感じも同じくらいに漂う。

美咲は戸惑《とまど》いながらも、部屋を去ってゆく弘人をあわてて追いかけた。

「あ、朧車、ただいま高野山に向けて出立《しゅったつ》しました」

屋敷《やしき》の大戸の外に出ると、雁木小僧が告げた。朝を迎えた裏町は静かだった。

「ありがとう」

美咲は礼を言いつつ、劫のほうを見た。

「結局、裏の仕事にまきこまれちゃったわね」

彼は裏稼業《うらかぎょう》に係わる気はないと宣言していたのに、少し申し訳ないような気もした。

「いいよ。妖狐の自分とも向き合ってみたくなった。だから、当分は橘屋でバイトを続けながら、裏稼業にもつき合うよ。借りも返さなきゃいけないし」

「借り？」

「そう」

劫は美咲のとなりにいる弘人に目を移す。

「礼を言うよ。あのまま、窒息死《ちっそくし》しなくてよかった」

「ああ」

弘人は、抑制のきいた声で頷いた。

「でも、ねえ、美咲」

劫は表情をやわらげて美咲に目を戻す。

「ぼくは、やっぱりこっちの世界は嫌いだよ。だから、きみがこの世界に嫌気が差したらいつでも一緒に逃げてあげる」

「え……」

その言葉に、思いがけずどきりとした。

「いつでもね」

劫はそう念を押して、含みのある目で弘人のほうを見据える。

この世界に嫌気が差したら——そういう可能性が自分にあるかもしれないことに、そして劫がそうなってしまったときの自分を受け入れるつもりであることに、美咲の心は自分でも驚くほど揺さぶられた。

劫はもう土蜘蛛に操られてはいない。これこそは、まぎれもなく彼の言葉だ。

それから劫は微笑《ほほえ》んで、さらうように美咲の手を取った。

「帰ろうよ」

「あ、うん……」

いきなり引っぱられてつんのめりながらも、美咲は引かれるままに歩き出す。

なんとなく気になって弘人をふり返るが、弘人は無表情のまま、ただ黙ってこっちを見ているだけだった。

「いいんすかね、あんなこと言うやつ店に置いといて」

雁木小僧が、横丁《よこちょう》を去ってゆく劫と美咲の後ろ姿を見ながらつぶやく。

「ただの口説き文句だろ。それに店主への忠義はどんな形であれ、厚いほうがいい」

弘人はにこりともせずに淡々と言った。

「すみませんでした。おれがしっかり見張ってればこんな事件には……」

雁木小僧は、なんとなく弘人の不機嫌そうな気配を読んで頭を下げる。

「いや。いい。人まかせにしておいたおれが悪いんだ。でも、おかげで自分の気持ちがはっきりした。これからは自分で見張るからいいよ」

弘人は硬い声で言ってから、さっさと踵《きびす》を返す。

「ええっ、自分で見張るって……？」

言葉の意味をとり損ねた雁木小僧はしばらくしてから聞き返すが、弘人の姿はもう、本区界《ほんくかい》へ戻るため、美咲らとは反対方向にある辻《つじ》の向こうに消えていた。

終章

数日後、土蜘蛛《つちぐも》は、高野山《こうやさん》で四〇年間の懲役《ちょうえき》となったと本店から知らせがあった。

二度目の投獄《とうごく》。次に出てきたら、もう悪さはしないだろうか。

人肉売買に関する一件は片がついたが、彼らの言うところの〈帝《みかど》〉については、土蜘蛛はいっさい口を割らなかった。

酉《とり》ノ区界《くかい》の貸間は、ひと月の営業停止をくらった。

美咲《みさき》は普通に学校に通いながら、ときどき起こる小さな事件の始末に精を出す日々を送っていた。

劫《めぐる》とは、学校で顔を合わせることはほとんどないが、バイトのついでにきまぐれに美咲の家に遊びに来ることがあり、そういうときには裏稼業《うらかぎよう》を手伝ってもらっている。幼いころと変わらない距離であると感じる。少なくとも美咲は、そのことが嬉《うれ》しかった。

葉桜の季節もすぎて、庭木が新緑を深めはじめたある日のこと。

学校から戻ると、玄関に、受取人・橘《たちばな》弘人《ひろと》の名で箱の荷物が届いていた。

「なにこれ……」

美咲はけげんそうにそれを見やって、ひとまず制服を着替えに部屋へ向かった。

名前を見て、胸がざわめいた。

弘人とは、土蜘蛛の事件以来、会っていない。自分の中では微妙な幕引きだったが、あれでよかったのだと思う気持ちも強かった。もうなんの期待も抱きたくない。実際、彼のことを考えないですむ日などないのだが――。

着替えをすませてほどなく、来客があった。ハツが出ていく気配がないので、美咲が玄関に出向いた。

「ヒロ……」

美咲は思いがけない客人に、息を呑《の》んだ。

「ただいま」

私服姿の弘人だった。たったいま、学校から家に戻ってきたという風情《ふぜい》である。

「ただいまって、あの……、なにしに、来たの？」

美咲はとつぜんの再会に動揺しながら問う。こっちは忘れようと必死だというのに、どうして顔なんて見せにくるのか。

「花婿修業に」

弘人は玄関の戸を後ろ手に閉めながら、さらりと答えた。

「花婿《はなむこ》修業？　って、な、なに言ってるのよ」

美咲は突拍子《とっぴょうし》もない発言に面食らった。

「いや、それは冗談だが――」

弘人が笑みを漏《も》らして言葉を継ごうとしたとき、

「おお、弘人殿。いま到着なさったか」

ハツが気づいて奥からやってきた。

「世話になります」

面《おもて》を引きしめ、弘人は軽く頭を下げた。

「世話にって、どういうことなの？」

美咲は驚きを隠せぬまま、二人の顔をかわるがわる見ながら問う。

「弘人殿はこの春からこっちの大学に通っておられる。それで、遠路はるばる京都伏見《きょうとふしみ》から通うより、ぜひとも我が家を下宿先にして、美咲の貧弱な根性を鍛《きた》えていただきたいとわしのほうから頭を下げたのじゃ」

「はあ？　なに勝手なこと頼んでるのよ、おばあちゃん」

もっともらしく喋《しゃべ》るハツを、美咲は信じられない思いで見つめる。

「大学には裏町の抜け道を使って通っていたんだが、通過する店が一軒潰《つぶ》れたせいで、通学時間が一時間増しになったんだ」

と、弘人が言った。

「それで？」

「通うのには時間がかかりすぎるし、こっちに部屋借りて自炊《じすい》するのも面倒だし困ったなと悩んでいたところに、ハツさんから渡りに船の申し入れが」

「あたしをしごくのを口実にここに住み込むというの？」

「ああ。この家で庶民《しょみん》ごっこしながら通うのも面白そうだなと思って引き受けさせてもらった」

「庶民ごっこって……、失礼な！　こっちは遊びでこの暮らししてるんじゃないんだからっ」

美咲はわなないた。

そもそも、こんなこと、ありえない。高子《たかこ》は酉《とり》ノ分店《ぶんてん》に弘人を婿入りさせる気などないと言っていた。彼と美咲の仲を、くっつく前から引き離そうとしているのだ。にもかかわらず、冗談でも花婿修行などと言って、大手を振って今野家《こんのけ》に来るなんて。

（ひょっとして、高子様の気が変わったのかしら？）

ふと、そんな可能性に思い当たる。

ありえないと思いつつも、そうだったらいいのにと期待している自分がいることに気づいて複雑な気持ちになる。

「よいではないか、美咲。弘人殿は区界内の妖怪の取り締まりもしっかり手伝ってくれると仰《おお》せなのだぞ」

「そうそう、それが下宿代ってことで。半人前のおまえにとって、決して悪い話じゃないと思うけどなあ、これは」

弘人は半眼で美咲を見下ろし、ことさらに恩着せがましく言う。

「でもいい話とも思えないわ。きっとヒロに頼ってますますだめになるに違いないわ」

「そのへんは適当に調節するから安心しろ。修行にもつきあってやるぞ。朝、晩、結界《けっかい》の中でみっちり調教してやるから覚悟しとけ」

なにやら嬉しそうに口の端《はっ》を吊り上げて弘人は言う。

「や、やめて。そんなこと勝手に決めないで。錘《おもり》つけて町内一周だけで、いま精一杯なんだから」

それは、もっと身軽になるために、ハツから強《し》いられている日課だった。

「もはや荷物も到着して引っ越しずみなのじゃ。いまさらガタガタ文句ぬかすでないわ」

ハツに、美咲の主張を聞き入れる気配はない。

「おばあちゃん、いっつも、なんでもかんでもそうやってひとりで勝手に決めないで、ちゃんと事前に相談してよね」

美咲は腰に手をやって、憤然《ふんぜん》と言う。

「相談なら弘人殿としたわい」

「あたしにもしてと言ってるの！　っていうか、ヒロもおばあちゃんの言いなりになってちゃだめじゃない」

美咲は恨《うら》みがましい目で弘人のほうをじろりと見やった。あっさりと応じる弘人も弘人である。

「決めたのはおれだ。ここのはなれは居心地がよかったし、おまえの手料理、嫌いじゃないしな」

「えっ」

美咲は目を見開いた。

それは、美咲を黙らせるには十分な言葉だった。

弘人はもちろんそのことをわかっていて、最後の殺し文句としてあえてここまで伏せてあったといった態《てい》。にやりと笑みを浮かべて荷物の箱を抱《かか》えると、絶句したままの美咲を尻目《しりめ》にゆうゆうと敷居《しきい》をまたぐ。

「よかったのう、そういうわけだから、今晩から弘人殿のために精を出して飯を炊《た》くのだぞ、美咲よ」

ハツが美咲の背中をぽんと叩《たた》いて、はなれに向かう弘人のあとを追うように自室に引き返していった。

「ちょっと、嘘《うそ》でしょーっ」

美咲は棒立ちのまま、唖然《あぜん》とふたりの後ろ姿を見送る。

いつものことだ。こんなふうに美咲の意見はそっちのけで話がついていて、あれよあれよというちに事が運んでしまうのは。

まさか、また弘人とこの家で一緒に暮らすことになるなんて。

いきなりの状況の変化に、美咲はめまいを覚えた。

(ほんとにありえない……)

美咲はかぶりをふった。

はっきり確かめなければならない。彼が、どういうつもりでいるのか。高子にはなんと言って家を出てきたのか——。


「あの……」

美咲は少し迷ったが、思いきってはなれの縁側で弘人を呼び止めた。

弘人のいる生活がまた本当に始まるのなら、やっぱり嬉しいのかもしれないと一瞬思った。

事件が起きても、そばに彼くらい頼れる人がいるなら心強い。けれど、そこにはいくつかの問題が横たわっている。同居に伴《ともな》う煩《わずら》わしさは美咲ががまんすればいいだけのことだが、気になるのは婿入り話のこと。高子に受けた警告や、静花《しずか》の存在である。

考えると、なんだか胸が悪くなる。

五重塔《ごじゅうのとう》のときもそうだった。会話を交《か》わしていても、心はずっとそのいやな感じにつかまれていた。まるでふたりして、いまにも割れそうな湖面の氷の上にいるみたいに。

「なんだよ」

弘人は振り返って美咲と向き合う。

美咲は面と向かってはなんとなく言い出しづらくて、ややうつむきがちに訊《たず》ねた。

「あのね、ヒロがうちから大学に通うこと……高子様は知ってるの？」

ややあってから、

「知らないよ。まだ」

弘人は答えた。やけにあっさりとした口調なのだった。そしてふたたび部屋に向かう。

「え、じゃあ、黙ってここに来たってこと？　勝手に家出してきたということなの？」

美咲は驚きながら弘人のあとを追う。

「まあ、そうなるな。遅かれ早かれバレるだろうけど」

（やっぱり……）

高子の気が変わるはずなどないのだ。淡い期待もここではかなく消えた。

このまえの滞在に利用していた十畳間《じょうま》に着いて、弘人が畳《たたみ》に荷物をどさりと下ろした。

家出なんて、そんな無茶をしていいのかと美咲が言おうと口を開きかけたとき、

「おまえさ、この前、五重塔の帰り、どうしてあんな顔してた？」

弘人が先んじて訊《き》き返してきた。

「あんな顔って……」

気づかれていたのか。

「ええと、どんな顔だったっけ。もう忘れたわ、そんな昔のこと」

美咲は畳に目を落として、わざと笑みなど浮かべてとぼけてみせた。土蜘蛛の事件よりも前の話ではないか。

「なんとなく、つらそうな顔だった」

「つらそうって、……そうだったかな」

弘人があまりにも真面目《まじめ》な顔をしているので、美咲もばつが悪くなって笑いを引っ込めた。

二人の間の空気が、一気に陰鬱《いんうつ》なものに変わる。

「おふくろに、なにか言われたんだろう。あの会合の日に」

「……べつに」

美咲は、それ以上心を読まれぬように目をそらしたまま、口ごもる。あの日のことは、探られたくはない。ここでいま、家出してきた弘人に打ち明けても、きっとなにも解決しない。そ

れどころかややこしいことになりそうだ。

沈黙が落ちた。

「ヒロは、高子様から、あたしについてなにか言われたりしているの？」

美咲はちらと、上目《うわめ》で弘人を見て問う。

「いや、最近顔合わせてないから。ただ、あの日おまえがなにを言われたのかはたいてい想像がつく。どうせ、店の存続問題でももちだして、おれに近づくなとか脅《おど》されたんだろ」

美咲はなんとなく否定も肯定《こうてい》もできずに、黙り込んでうなだれた。

弘人は室内の空気を入れ替えるために、障子戸《しょうじど》とその向こうにあるガラス窓を開けた。

西の空には美しい夕焼け空が広がっていた。

「試されてるんだよ」

赤く染まった庭の木々に目を落として、弘人は淡々と言った。

「おまえの、心の強さが試されているんだ。厳しいことを言って、それに耐えられるのかどうか、どう乗り越えてゆくのかを、高みの見物するんだ。意思が挫《くじ》けるようならそこで見限る。そういうことをする女なんだよ、あの人」

美咲は意外な言葉に、顔を上げた。

（試されている……？）

そうだろうか？　あれは純然たる脅しと警告だったように思える。美咲は息子をたぶらかそうとしているあばずれで、それを遠ざけるために剝《む》かれた鋭い牙《きば》。

でなければ、彼女が美咲の中にいったいなにを見出《みいだ》すというのか。半妖怪であることをあげつらって、店を継ぐことに関してだってあんなにも否定的だったというのに。

しかし弘人はまっすぐ美咲を見つめ、穏《おだ》やかだが、揺るぎない決意をはらんだ声で説《と》き伏せるように言った。

「おれは、身のふり方は自分で決める。その選択によって、この店舗《てんぽ》の存続問題に累《るい》が及ばないようにもする。おふくろのいいようにはさせないよ。そのかわり、おまえも早く強くなれ。そばで、見ていてやるから」

「ヒロ……」

美咲は目を見開いた。それは、店を一緒に守ってくれるということなのだろうか。

胸にうずくまっていたつらさが、弘人のあたたかい言葉にゆっくりと溶かされてゆくのが分かった。

「でも、高子様はなんて言うか……」

あの剣幕《けんまく》で警告してきたのだ。ただですむとは思えない。

「いいんだよ。おまえの本気を見せて、黙らせてやれば。それに、おれがここに居座る理由はほかにもある。通学時間云々《うんぬん》より、むしろそっちが本当の理由だ」

「本当の理由……？」

美咲は弘人のとなりに並んで訊き返した。

「ああ。ふたつある理由のうちのひとつだけ教えておく。もうじき厄介《やっかい》な妖怪が高野山から出てくる。おまえも今回の事件でその名を聞かされただろう。崇徳上皇《すとくじょうこう》。高野山を開放して、橘屋の転覆《てんぷく》を目論《もくろ》んでいるやつだ。そいつが出所後に、酉ノ区に根城に構えるのではないかという悪い噂《うわさ》が少し前から流れている。だから、その共鳴者《シンパ》の動きや情報なんかをこの目で逐一《ちくいち》把握《あく》するために、ここの襖《ふすま》の近くに張っていたいんだよ。お上《かみ》もそのことには同意しているから、ここに下宿させてもらうことを決めた」

「崇徳上皇が、ここに……」

とつぜん不穏《ふおん》な話が出てきて胸がざわめく。ハツも、もしかしたらそのあたりの事情を知っていて弘人に話をもちかけたのだろうか。

「だから、おふくろはともかく、お上はおれがここに居ることには納得ずみだ」

弘人は、美咲を安心させるかのようにきっぱりと告げた。

「お上も？」

高子とお上では意見が違うのか。お上が味方してくれるのなら、神経質になることはないのだろうか。婿入りに関してはまた別問題なのだろうけれど。

高子にしても、もしほんとうに弘人の言うとおりこちらを試しているのだとしたら、美咲が店主として認めるに値《あたい》する器《うつわ》になれば、あるいは係《かか》わり合うなとまでは言わないのかもしれない。そう考えれば、心はいくらか軽くなる。

美咲は少しほっとして微笑《ほほえ》んだ。そして、

「あたしは、高子様に認めてもらえるくらいにならないと……」

自分を励ますようにつぶやいた。目標を口にすれば、胸を圧《お》していたものが希望に変わってゆくのを感じた。

頑張ろう。店のために。そして自分のために——。

「ああ。そうだな」

弘人が、男らしい誠実な顔をして頷いた。

「ところで、もうひとつの理由ってなんなの？」

崇徳上皇の問題のようになにか深刻な感じがして、なんとなく気がかりなので問うてみた。

「それは……、まだ告げる気はない」

弘人はさりげなく目をそらし、屈《かが》み込んで荷物を開けにかかる。

「なによ、気になるじゃない」

「気が向いたら教えるよ。それより、おまえも荷物を解くのを手伝え」

弘人があごでもう一方の箱を示して言う。

「いいけど、なんで命令調なの？　言っとくけどあたし、ヒロの召使とか飯炊き女にされてこき使われるのは嫌よ。〈御所〉では至れりつくせりだったかもしれないけど、うちではそうはいきませんからね。庶民の暮らしを徹底してもらうからっ」

美咲が仁王立《におうだ》ちのまま鼻息を荒くして言うと、弘人はぴたりと作業の手を止めて立ち上がった。

「美咲……」

「なによ」

一歩詰め寄られ、涼しい無表情で見下ろされて美咲はどきりとする。

「おまえ、おれが帰ってきて嬉しいくせにさっきからなに文句ばっか言ってんの?」

「あ、あたしがいつ嬉しいと言ったのよ?」

美咲はどぎまぎしながら思わず後じさった。

「鏡を見てこいよ。顔にしっかりと書いてあるから」

弘人は美咲の面《おもて》を指さしてしたり顔で言う。

「はっ……?」

美咲ははたと頰《ほお》に手をやった。また読まれてしまった。顔に血がのぼるのが自分でわかる。

「もう。いつも勝手に読まないでよ!」

美咲は気恥ずかしくなって、くるりと弘人に背を向けた。

「表情術の修業も必要らしいな」

弘人は愉快《ゆかい》そうに笑いながらふたたび荷物を解きはじめた。

嬉しい？　そうだ。この先なにが起きるのか不安は大きいものの、弘人がそばにいてくれるのは、たぶんそれと同じくらいに嬉しい。ここに来た理由が、自分と一緒にいたいとか、文字通り花婿修業であるとかではないのがちょっと残念だけれど。

(どうしよう……)

熟《う》れた果実のような赤々とした夕焼けを見つめながら、美咲はなにか抑制《よくせい》のきかぬものが自分の胸の奥底に根づいているのを感じた。

やっぱり、高子の言いなりにはなれない。

弘人と距離をおいて接するなんて、いまの自分には考えられない。

もう、ごまかすことはできない。こうして弘人といると、どうしようもなくあふれてくるもの。

それは、焼けつくような痛みを伴って心を揺さぶる、甘くせつない恋の感情なのだった。

終

あとがき

こんにちは、高山《たかやま》です。

あやかし恋絵巻・橘屋本店閻魔帳《たちばなやほんてんえんまちょう》、お互いが自分の気持ちに気づく第二巻です。

店主見習いとしてちょっぴり成長した美咲《みさき》のまえに幼馴染の妖狐《ようこ》・劫《めぐる》が登場し、一方では店の将来を揺るがす危機にも直面して、複雑にゆれる乙女心を書かせていただきましたがいかがでしたでしょうか。

新キャラの劫は、橘屋のお話を考えついたときからぼんやりと頭の中にいた少年でした。一巻で、美咲が幼いころ御魂祭《みたまさい》に行ったときのことを思い出すシーンでも、ちらっと彼の存在にふれています。「同じようにこっちの世界に住む妖狐の子」というのは、じつは劫のことなのです。

地下の誘惑シーンはもっとページを使って派手にエロチックにやりたかったのですが、劫の名誉のためにあの程度にひかえさせていただきました。

今回は弘人《ひろと》の危うい本性を少し書くことが出来てよかったです。彼はけっこうSっぽいところのある男なので、美咲を困らせるのは気分がいいらしい……？

敵方の妖怪・土蜘蛛《つちぐも》は、男色家で美に執着するいささか不気味な男。くまのさんが私の脳内にあったイメージをそっくりそのまま描いてくださったので感動しました。

土蜘蛛は比較的悪役によく使われる妖怪だと思います。

お話を考えていた当初、彼のイメージは髪の毛のぞろぞろと伸びた小汚いオヤジでした。が、いざ書きはじめると微妙にモチベーションが下がってシーンが浮かんでこなくなってしまったのでちょっぴり路線を変更いたしました（宝石の散りばめられた地下の美しい舞台セットに臭《くさ》そうなオヤジは似合わなかった）。

しかしどんなに美を追求して頑張って着飾っても、土蜘蛛の実体はしょせん醜《みにく》く汚《けが》らしい巨大な蜘蛛。彼の美へのこだわりは、その外見への劣等感からくるものだったのではないかと思います。

お礼に移らせていただきます。

お世話になった新旧おふたりの担当様をはじめとして、本作の出版に係わったスタッフの皆様方、ありがとうございました。

また、一巻に引き続き、目の覚めるような美しいイラストを描いてくださいましたくまの柚《ゆず》子《こ》様、お忙しい中ほんとうにありがとうございます。
そして二巻を手に取ってくださった読者の皆さまに、心よりお礼申し上げます。
二人の出会いが書かれた一巻もございますので未読の方はぜひどうぞ。
またお会いできることを夢見て。

二〇一〇年　七月

高山ちあき

おもな参考文献

妖怪辞典　著・村上健司（毎日新聞社）
画図百鬼夜行全画集　著・鳥山石燕（角川ソフィア文庫）
日本妖怪異聞録　著・小松和彦（小学館）

祝2巻！
あいかわらず弘人君の
色気がハンパナイ！
ドキドキしながら原稿を
読ませていただきました～
劫君はカワイイ系男子ですねv
酒天童子もカッコイイしで
これからが楽しみすぎるv

イラストは冒頭の子狐ちゃん達です♪
絶対にかわいいに違いない!!

この作品のご感想をお寄せください。

高山ちあき先生へのお手紙のあて先

〒101－8050　東京都千代田区一ツ橋2－5－10
集英社コバルト編集部　気付
高山ちあき先生

たかやま・ちあき

12月25日生まれ。山羊座。B型。「橘屋本店閻魔帳～跡を継ぐまで待って～」で2009年度コバルトノベル大賞読者大賞を受賞。コバルト文庫に『橘屋本店閻魔帳 花ムコ候補のご来店！』がある。趣味は散歩と読書と小物作り。好きな映画は『ピアノレッスン』。愛読書はM・デュラスの『愛人(ラ・マン)』。

橘屋本店閻魔帳

恋がもたらす店の危機!

COBALT-SERIES

2010年9月10日　第1刷発行

★定価はカバーに表示してあります

著者　高山ちあき
発行者　太田富雄
発行所　株式会社　集英社
〒101−8050
東京都千代田区一ツ橋2−5−10
電話　東京　(3230)6268(編集部)
(3230)6393(販売部)
(3230)6080(読者係)

印刷所　大日本印刷株式会社

ISBN978-4-08-601449-6 C0193

コバルト文庫
好評発売中
のれんの色が変わるとき、
あの世とこの世の
扉が開く――。
橘屋本店閻魔帳
花ムコ候補のご来店！
高山ちあき
イラスト／くまの柚子
読者大賞
受賞作!!
妖怪と人のトラブル監視が裏《うら》稼《か》業《ぎょう》の和風コンビニ「橘屋」。ある日、分店の跡取り娘・美《み》咲《さき》のもとに、本店のお坊ちゃまがやってきて!?

碧《あお》の祝福 神々の求愛

足塚 鰯 イラスト／池上紗京

美形だけど常識皆無の神様・碧絡《へきらく》と同居することになった朽葉《くちは》。ある日、兄・水弾《すいぜん》に依頼があり、依頼主のもとへ向かうとそこには碧絡と旧知の神がいた。神は水弾に突然求婚して！？

〈碧の祝福〉シリーズ・好評既刊

碧《あお》の祝福 捧げられた娘

好評発売中 コバルト文庫